신여랑 지음

사계절

작가의 말

나에게는 오래전에 작가가 된 친구가 있다. 그 친구는 다정하게 말하곤 했다. "넌 잘할 수 있을 거야!"라고. 그러면 나는 "고마워!" 하고 생글생글 웃으며 대답했다. 속으로는 '쳇, 너나 잘하세요!' 그렇게 빈정대면서.

이 작품이 당선되고 난 후 그 친구가 축하 전화를 했다.

"아, 정말 고마워! 이제 시작인데 뭐. 앞으로 열심히 해야지."

나는 오랫동안 준비해왔던 대답을 정말이지 천연덕스럽게 술술 늘어놨다.

멋진 대답이 아닌가! 틀에 박힌 듯하지만, 아주 예의 바르고 겸손한, 그래서 흠잡을 데 없는. 물론 나는 목소리에도 세심한 주의를 기울였다. 명랑하게.

통화를 끝내고 났을 때의 황홀함이란! 뭐랄까, 막대사탕을 와그작와그작 씹어 먹을 때처럼 통쾌했다고나 할까. 하지만 그 황홀함도 잠시였다. 나는 금방 두려워졌다. 어쩌면 내 목소리나 말투에는 평소 그 친구에게 품고 있던 질투와 시기, 열등감이 은근히 배어 있었을지도 모른다.

'흥, 네가 잘나서 그렇게 된 줄 아니? 운이 좋았던 거야!'

이게 바로 그 동안 내가 그 친구에게 줄곧 품고 있었던, 절대로 들켜서는 안 되는 속마음이었다.

열등감! 질투! 시기! 그것에 기대어 오늘 여기까지 왔는지 모른다. 내 소설 속의 주인공, 몽구와 진구가 그렇듯이. 그러므로 나는 열등하고 질투심이 강하며 시기하는 자의 마음으로, 그 마음에 알알이 박힌 상처와 흉터로 시작했다고 고백할 수밖에 없다.

'어떻게든, 대충, 분위기를 풍기면 되는 거야.'

이게 내가 이 작품을 쓸 때 처음 품은 최초의 계획이었다.

우연히 텔레비전에서 비보이에 대한 다큐멘터리를 봤을 때였다. 티브이 화면에 나온 비보이는 춤을 출 때는 집이 없다는 것도 혼자라는 것도 다 잊을 수 있어서 좋다고 했다. 유명해지고 나서도 부모님께 춤추는 모습을 한 번도 보여드리지 못했다며 눈물을 글썽였다. 그가 멋들어지게 춤을 추는데, 갑자기! 가슴이 뛰었다. 감동해서가 아니다. 오로지 특이한 소재를 건졌다는 야비한 계산 때문이었다.

어찌어찌하여 소설의 모델이 된 비보이 팀 '엠비 크루'를 찾아갔다.

초라한 지하 연습실. 밤샘 연습. 비오듯 흐르는 땀. 거칠고, 방탕하고, 시끄럽고, 가볍고……. 그게 내가 예상한 거였다. 그런데! 이 아이들은 빨개진 얼굴로 몹시도 수줍어했고, 지나치게 조심스러웠다. 보기 좋게 내 예상은 빗나가기 시작했다.

그 후로 연습실을 들락거리며 아이들을 지켜봤다. 연습에 물이 오르면 아이들은 저절로 흥겨워지곤 했다. 저희들끼리 키득키득 웃고 장난치고 까불면서, 손목을 이렇게 꺾을까 저렇게 꺾을까, 다리를 조금 더 옆으로 뻗을까 말까를 고민했다. 재미있는 놀이라도 하는 양 즐거워했고 진지했다. 어쩌다 스스로 만족할 만한 춤 동작이 나오면 "꽂혔다!"고 어깨를 으쓱거리며 좋아했다.

나는 뒤통수를 얻어맞은 것처럼 당혹스러웠다. 이 아이들이 춤에 대한 남다른 열정을 가졌으리라, 혹독하게 연습하리라, 그것이야 예상했지만 연습을 놀이처럼 즐길 줄은 몰랐다. 자신만의 춤 스타일을 찾아 진지하게 고민하고, 그 고민조차 즐기는 아이들.

재능보다 무서운 것이 노력이고 노력보다 무서운 것이 즐기는 것이라고 했던가.

꿈을 향해 끊임 없이 나아가는, 그 꿈이 요구하는 분투 자체를 즐기는, 순수하고 아름다운 헌신. 내가 오래전에 잃어버린 그것이 이 아이들에게는 있었다.

“너희들 정말 멋지다! 대단해!”

나는 진심으로 그렇게 말했다. 아이들은 내가 그들의 춤에 감탄했다고 생각했을지도 모른다. 물론 ‘비보잉’만큼 역동적인 춤을 나는 본 적이 없다. 그러나 나의 감탄은 춤 때문이 아니었다. 아이들이 자신들의 춤을, 꿈을 즐길 줄 알아서였다.

나는 그 매혹적인 속삭임에 기대어 비로소 『몽구스 크루』를 쓸 수 있었다. 열등감에 휩싸인 나의 내면을 꼭 닮은 주인공 몽구와 오기로 가득 찬 친구, 도형, 승, 영진, 내인과 함께 때로는 울고, 때로는 웃었다. 그들이 소설 속에서 갈팡질팡 나아간 그만큼, 꼭 그 만큼 나도 나아갔다. 더 나아갈 수 있는데 그러지 못했다고 느껴진다면 순전히 나의 한계다.

이제 첫 책을 세상 밖으로 내보내야 한다. 오랫동안 꿈꿔왔던 일인데도 두렵고 떨린다. 나를 열등감에 떨게 했던 그 친구가 “첫 책 내고 나서 창피해서 죽는 줄 알았어.”라고 말했던 것이 생각난다. 그 때는 괜스레 잘난 척한다고 생각했는데 이제 어떤 기분인지 조금 알 것도 같다. 이 소설은 분명 많이 부족한 작품이다. 그래서, 부끄럽고 창피하지만, 그럼에도 나는 용기를 내어 나처럼, 내 소설의 주인공들처럼, 남몰래 분루忿淚를 삼키며 열등감과 싸우는 이들을 향해 손을 내민다. 내가 이 작품을 쓰는 동안 그랬던 것처럼, 이 책을 읽는 내내 즐겁기를.

더불어 못난 친구에게 항상 맘 써주었던 나의 오랜 친구 J와

처음부터 끝까지 내게 친절했던 그래서 미안했던 '엠비 크루' 친구들에게 고마움을 전하고 싶다. 그리고 부끄럽지만 살아계실 때 한 번도 공손하게 대하지 못했던, 지금은 눈물나게 그리운 나의 아버지께 이 책을 바치고 싶다.

2006년 7월

신여랑

차 례

1. 고! 고!

나는 어딜 가도 바닥부터 본다. 잘빠진 바닥을 그냥 지나쳐 갈 때의 아쉬움이란 거의 슬픔에 가깝다. 매끈하고 탱탱한 대리석, 부드러우면서 착 달라붙는 장판, 미끈하게 길이 난 마루. 그 중에서도 나는 마룻바닥이 좋다. 뒹굴어보면 안다. 마룻바닥도 내가 좋다고 들썩들썩 들이댄다는 걸. 아, 그 완벽함!

그런 의미에서 우리 동네 청소년 수련관 마룻바닥은 최고다. 길이 났다. 밀착력이라고 해야 하나. 등으로 스핀을 돌 때, 풋워크[1]로 밀고 당길 때 감기듯 부드럽고 탄력이 넘친다. 나처럼 어중간한 실력의 잔챙이들 말고 진짜 잘 추는 비보이[2], 오진구 같은 녀석이 파워 무브[3]를 할 때는 소리까지 다르다. 만약 손을 바꿔 짚으며 옆으로 끝없이 공중회전을 하는 에어트랙이라면 한 번의 회전마다 삐걱, 삐걱, 삐이걱! 고색창연한 마루의 비트박스가 있고, 나인틴나인티처럼 한 손 물구나무를 한 채 연속 회전한다면 그 속도에 따라 휘이익, 휘이익 바람의 폭풍이 있다. 그 맛을 한 번이라도 본 사람은 상상하는 것만으로도 가슴이 울렁거리고 현기증이 인다.

지금 수련관 강당을 가득 메운 우리가 애타게 기다리는 것도 바로 그 완벽한 현기증이다.

"고! 고!"

영진 형이 애들 틈에 서 있는 나를 떠밀듯 끌고 간다. 아침에 봤을 때와는 딴판으로 기분이 좋아 보인다.

"내가 이럴 줄 알았다니까. 이게 뭐냐?"

주변이 워낙 떠들썩한 탓에 영진 형이 고함을 지르듯 말한다. 머리에서 발끝까지 스타일에 힘을 준 영진 형한테서 톡 쏘는 향수 냄새가 난다.

"자, 이 형을 믿고 맡겨! 열일곱 살 비보이 몽의 변신은 무죄다. 몽의 생명은 간지[4]다!"

영진 형은 날렵하다. 싫은데, 싫다고 해야 하는데 입이 안 떨어진다. 내 바지 오른쪽을 무릎 아래까지 올려 묶는다. 내 머리에서 벗겨낸 야구 모자를 가랑이에 낀 채 내 머리에 두건을 묶더니, 모자를 뒤로 돌려서 씌운다. 아, 이건 정말 싫은데. 나는 순전히 찌그러지는 얼굴 보이기 싫어서 모자 쓰는 건데. 그런데도 내 앞에서 싱글벙글 웃어대는 영진 형한테 싫다는 말이 안 나온다. 제길! 모자만이라도 앞으로 돌려 써야지! 그것만은 안 된다.

"야, 안 되겠다. 솜털이 보송보송한 얼굴이 너무 애려 보인다."

영진 형이 내 모자를 다시 돌려 씌운다.

"흐흐."

나는 늘 그렇듯 어금니 사이로 웃음을 흘렸다.

"야, 너 웃는 게 뭐 그러냐? 제발 확 웃어버려!"

혜미 누나와 함께 뒤늦게 나타난 도형이다.

"자식, 몽구가 젤 만만하지!"

"아이, 형님도 무슨 말씀을 그렇게 독하게 하세요. 으하하하."

도형은 간드러지게 애교를 떠는가 싶더니 느닷없이 큰 소리로 웃어제낀다. 찡긋! 나를 향해 윙크까지 날리면서.

"이제야 나타나 가지고 하는 짓 봐라. 승이한테 인사는 했냐? 이제 곧 배틀[5] 시작이라 정신없다. 도형이 너는 대진표 붙이는 데 가서 도와주고, 몽구는 휴게실에서 마지막 루틴[6] 호흡이라도 맞춰봐! 이 몸은 간다. 몽, 너 그 스타일 유지해!"

영진 형이 속사포처럼 쏟아내며 무대로 뛰어간다.

영진 형은 오늘의 엠씨다. 리더인 승이 형과 함께 더블 엠씨로 나선 것이다. 오전에만 해도 그렇게 부어 있더니, 지금은 날아갈 것처럼 기분이 좋아 보인다. 하기야 영진 형 매력은 저거다. 승이 형과 함께라면 언제나 룰루랄라.

"야! 너 뭐가 또 그리 못마땅해서 영진 형 뒤꽁무니를 쳐다보냐? 아그야! 형님 말씀 듣는 게 남는 거다. 좋은 말로 할 때 지금 스타일 유지해라! 그럼, 비보이 몽의 배틀 기대하지! 으하하하."

도형은 작은 키에 도시락처럼 네모난 몸을 잠시도 가만두지 못하고 앞뒤로 흔들어대며 말한다. 분명 영진 형이 대진표 붙이는 걸 도와주라고 했는데, 도형은 혜미 누나 손을 잡고 어슬렁어슬렁 애들 사이로 걸어간다. 파도가 갈라지듯 길이 생긴다.

오늘 아침 일찍 강당 문을 밀고 들어가는데, 어둑한 무대 위에서 고함소리가 들려왔다.

"너! 왜 내 말을 안 듣는 거야? 그 알바 그만두라고 했지! 새벽에 전화해도 안 받고, 대체 어쩌려고 그래?"

영진 형은 나를 볼 생각도 하지 않고 머리를 쥐어뜯었다. 엄청 신경 써서 왁스로 다듬은 머릴 텐데……. 평소 '스타일에 죽고 산다!'는 영진 형으로선 있을 수도 없는 일이었다. 그만큼 열 받았단 얘기다.

나는 어리둥절해서 기어 들어가는 목소리로 되물었다.

"예에?"

그 때서야 영진 형이 나를 봤다.

"어! 어, 너였니? 몽구구나! 난 승인 줄 알고……. 아니다. 근데 너 몇 신데 지금 오는 거냐?"

주춤하던 영진 형이 다시 버럭 소리를 질렀다.

난 그냥 가만히 듣고 있었다.

"몇 신데 한 놈도 안 나오고 말야. 우리 팀이 주최하는 대횐데, 팀 멤버라는 새끼들이 죄다 썩었다니까. 수련관 창고에 있는 거 옮겨와야 하는데 누가 다 하냐? 엉? 짜증 쏠린다, 쏠려! 스태프이건 아니건 빨리 창고로 튀어라. 산더미처럼 쌓였다."

승이 형한테 무슨 일이 생겼나? 영진 형의 대책 없는 짜증에 나는 걱정이 앞선다. 승이 형 일이라면 상상을 초월해서 예민해지는 영진 형이다.

나는 두말 않고 창고로 뛰었다. 한동안 입 꾹 다물고 강당으로 장비를 날랐다. 영진 형이 난리를 친 거에 비하면 별거 없었다. 무대 양쪽에 세울 대형 스피커와 무대 마이크, 스포트라이트 조명은 이미 다 설치된 상태였다. 바닥에 까는 작은 조명 몇 개랑 스탠딩 조명판, 대진표 추첨할 때 쓰는 작은 탁자, 심사 보는 형들이 앉을 의자, 트로피 같은 자질구레한 것들만 챙기면 되는 거였다.

그래도 이럴 땐 찌그러지는 게 최고다. 이럴 때 영진 형을 잘못 건드렸다가는 뒷감당하기 정말 힘들다. 그대로 삐쳐서 3박 4일 동안 절대 말 안 한다.

내가 막 '용마산 배틀 위너' 트로피를 탁자에 올려놓았을 때였다.

"아, 미안. 늦었지! 헉, 헉."

승이 형이었다. 목소리만 들어도 저 아래 전철역에서부터 뛰어왔다는 걸 알 수 있다. 대체 승이 형이 또 어떤 아르바이트를 시작했기에 영진 형이 머리끝까지 화가 난 걸까? 아직도 숨을 헐떡이는 승이 형.

"야, 너! 정말……."

영진 형이 쏘아붙이듯 말했지만 승이 형은 외면했다. 괜스레 나를 향해 아는 체를 한다.

"오, 우리 착한 몽구! 일찍 나왔네!"

내 가슴을 툭 치고 어깨를 가볍게 안았다.

평소 같으면 그런 행동이 한없이 다정하게 느껴졌겠지만 그때는 달랐다.

"니 말대로 했으니까, 이제 그만 해!"

이건 또 무슨 생뚱맞은 소리?

나는 승이 형의 어깨 너머로 힐끗 영진 형을 돌아봤다.

놀랍게도 승이 형의 그 한마디에 영진 형의 얼굴이 환하게 펴졌다. 게다가 언제 화가 났었냐는 듯 싱글싱글 웃으며 우리 사이를 비집고 들어왔다. 나는 그저 얼떨떨한 기분으로 두 사람의 알 수 없는 대화에 끼여서 이러지도 저러지도 못하고 있었다.

영진 형과 승이 형 사이에는 늘 이런 미묘한 긴장이 흘렀다. 그러나 나는 그것에 대해 깊이 생각하고 싶지 않다. 나하고는 상관없는 일이니까. 그런데 이 찜찜한 기분은 뭐람!

어쨌든 승이 형이 나타나자 팀 멤버들도 한꺼번에 우르르 몰려왔다. 왁자지껄! 음향 테스트도 하고 비디오카메라도 설치하고 뒤쪽으로 의자도 몇 줄 깔고 컵라면으로 점심도 때우고, 모든 게 착착 잘 돌아가는 느낌! 그랬다.

그런데 딱 한 가지 평소와 다른 점이 있긴 했다. 모두들 약속이라도 한 듯 오진구에 대해서 묻지 않는 거였다. 그렇다고 내가 먼저 오진구는 집에서 퍼질러 자는 중이라고 할 수도 없고…….

Y정보고 2학년 오진구는 소위 잘나가는 비보이다. 비보잉을 한다는 사람들한테 '몽구스 비보이 나인' 하면 "아, 걔!" 한다. 오진구가 그런 명성을 얻은 건 작년 가을 매치원 스킬 나인틴 콘테스트에서다. 오진구는 열두 바퀴 반을 돌아 일등을 했다. 일테면 '나인틴 짱'이 됐다. 오진구의 나인틴은 스피드와 회전수, 스타일까지 타의 추종을 불허한다. 무대를 들었다 놓는다. 그리하여 보는 사람의 입이 쩍 벌어지고, 가슴이 세차게 뛰고, 환호가 터지게 만든다.

오진구는 초등학교 때까지만 해도 지진아에 '따'였다. 그랬는데, 모두들 한심하다는 듯 고개를 절레절레 흔들었는데, 지금은 다들 '비보이 나인!' 한다. 한번 말이라도 붙여봤으면 한다. 그래서 애들은 나를 보고 오진구를 찾는다.

"너희 형은 잘 있냐?"

안부를 묻거나,

"니가 비보이 나인 친동생이라며!"
하고 놀란다.

어느새 나는 오몽구가 아니라 '오진구의 동생'이 된 것이다. 하지만 나는 오진구에 대해 아는 바가 없다. 솔직히 알고 싶지도 않다. 문제는, 그토록 익숙한 상황에서조차 쿨하게 굴지 못하고 끈적끈적 감정을 흘리는 나, 오몽구다. 십중팔구 우물쭈물, 아! 뭐! 예! 그런 종류의 감탄사를 연발하다 대답을 끝낸다.

도형은 아직도 대진표 앞으로 갈 생각이 전혀 없는 것 같다. 여전히 아이들 사이를 누비고 다닌다. 뿌연 먼지 속에서 키득키득 웃어대는 도형. 나를 뺀 모든 멤버가 Y정보고생인 몽구스에서 유일하게 내가 편하게 대할 수 있는 녀석이다. 나와 같은 고1이고 무엇보다 '고민은 나의 적'이라고 주장하는, 존경할 만한 단순함의 소유자다. 그래서 도형이 움직이는 곳에선 늘 하하하 웃음이 터진다. 힙합 스타일로 멋지게 차려입은 덩치 큰 남학생도, 손으로 입을 가리고 쑥덕거리는 여학생도, 어리벙벙한 얼굴로 신기한 듯 주위를 두리번거리는 초등학생도 도형 앞에서는 웃지 않고 못 배긴다.

"요! 요!"

아마도 도형은 자기 티셔츠 앞가슴 쪽을 집어 아이들한테 들이대며 외쳐대고 있을 터이다. 문제의 그 티셔츠에는 영어로 '제발 나를 때려주세요!'라고 써 있다.

도형은 배틀이 있는 날이면 언제나 영문 티셔츠를 입고 나타난다. '배틀 세리머니'라나 뭐라나. 해달라는 대로 안 해주면 절대 물러설 도형이 아니므로 원하는 대로 퍽! 한 대 때려줘야 한다. 그러면 도형은 "히이요!" 하고 괴성을 지르며 폴짝폴짝 잘도 뛴다.

어느새 파도를 타고 도형이 내 앞까지 밀려온다.

"요! 요!"

퍽!

"히이요!"

다들 도형 식 배틀 세리머니를 한다.

"비보이 몽! 보여줘! 보여줘! 네 춤을 보여줘!"

나도 살짝 녀석의 리듬을 타준다.

"기다려! 기다려! 몽을 기다려!"

"보여줘! 보여줘! 네 춤을 보여줘!"

도형의 새까만 송충이 눈썹이 꿈틀대는 걸 봐서는 쉽게 끝날 것 같지가 않다. 이 녀석을 누가 말릴 수 있을까?

"혜미 누나는?"

도형을 진정시킬 방법은 혜미 누나밖에 없다.

"오, 나의 혜미 여보는 저쪽에."

재수생 여자친구를 도형은 '혜미 여보'라고 부른다. 지독한 닭살 커플인 이들은 언제나 찰떡궁합을 자랑한다.

"근데, 너 요새 진구 형 봤냐?"

도형답지 않게 입을 가리고 소곤거린다. 들리지도 않는다.

"뭐?"

"너희 형 봤냐구. 집에 잘 안 들어온다며?"

"아, 뭐……."

"맨날 '아, 뭐'래. 너 전혀 모르는 거냐? 아니면 다 알면서 모르는 척하는 거냐? 도통 니 속을 모르겠단 말야. 사람이 말야, 나처럼 심플해야지, 너처럼 그렇게 복잡해서야 되겠냐! 형들은 너보고 얌전하다 조용하다 범생이다 그러는데, 그거 다 연막이지? 설정이지? 이 음흉한 놈! 으하하하."

"그럼 니 설정은 초지일관 설레발이냐? 하려던 말이나 해 봐!"

"저 봐, 저 봐! 내 말이 맞지! 음흉한 놈!"

"그래, 그래! 니 말 다 맞거든. 그러니까 어서 불어."

도형이 얼굴을 내 코앞에 들이댄다.

"어제 승이 형이랑 영진 형이 얘기하는 거 살짝 들었는데……."

으이그, 자식! 입 냄새 한번 지독하다.

"진구 형이 담탱이랑 대판 붙었대. 정학 맞을지도 모른다던데. 너희 가게 배달 오토바이로 사고 낸 거, 왜 그 사건 있잖아? 그 날 너도 같이 있었다며? 너희 학교 애들이랑 폭포공원에서……. 하튼 담탱께서 이제 와서 걸고 넘어지신다더라. 하긴 진구 형님께서 하도 제끼시니까. 나야 형님의 제낌, 그 제낌을 완전 사랑하지만 말야. 크크."

도형은 계속 신나서 떠든다.

"넌 어떻게 나보다 더 모르냐? 너네 엄마가 학교까지 오셔가지고 울고불고, 교무실이 눈물바다였다는데. 거참, 정말이지 보기 드물게 쿨한 가족이라니까."

2. 엄마와 아디다스 걸

나는 애들 틈을 비집고 들어가 배틀 서클 맨 앞에 철퍼덕 앉는다. 벌써 몸이 단 아이들은 휘파람을 불고 힙합 음악에 맞춰 몸을 흔든다. 그런데 나는 몸이 무겁다. 늦게 도착한 부천 형들과 루틴을 맞춰보다가 계속 실수를 했다.

동동 날아다니는 알록달록한 조명이 들썩이는 강당을 헤집고 커다란 원 형태의 배틀 서클 안을 비춘다. 이제 곧 오늘의 배틀이 시작될 것이다.

음악이 한순간 멈추고,

"자! 자! 용마산 3대 3 배틀 첫! 번! 째!"

승이 형이 목소리를 한껏 깔며 손을 높이 치켜든다.

"갱스터 크루 대 박싱올댓 크루!"

영진 형이 약간 떨리는 목소리로 받는다.

"먼저 갱스터 크루! 시간은 2분입니다."

와아아아아!

수련관 강당을 뒤집을 듯한 함성이 파도처럼 이어진다.

첫 번째로 나온 팀 비보이는 어린 티가 물씬 난다. 중1, 잘해야 중2 정도. 그런데 스타일 무브를 제대로 구사한다. 무브의 흐름이 부드럽다. 원투에서 치는 탑락[7] 공격도 장난이 아니다. 주먹에서 총으로 다시 주먹으로, 업락에선 날개를 펴듯 팔을 뒤로 빼는 스타일을 구사한다. 교과서적인 무브지만 동작 하나하나가 비트를 타면서 크고 정확하게 움직이니 보기 좋다. 여기저기서 괴성이 터지고 번쩍번쩍 카메라 플래시가 터진다. 호응이 대단하다. 그걸 아는 듯 처음에는 조금 언 듯한 얼굴로 무브에만 열중하던 그 애도 이제는 상대팀 비보이를 향해 씩 웃어가면서 머리를 흔든다.

원, 투, 스리, 포, 나도 모르게 까딱까딱 발이 움직인다. 나는 어느새 머리까지 흔들고 있다.

"야, 야! 깨 몽!"

언제 왔는지 도형이 내 어깨를 친다.

"왜?"

"나가 봐! 밖에 너희 엄마 왔어!"

"……."

"빨리 가봐, 급하신가 본데. 아까부터 밖에서 기다리셨대."

혜미 누나가 도형 옆에 찰싹 달라붙어 코맹맹이 소리를 섞는다.

"뭐 해? 튀어!"

도형이 재촉을 하는데 엉덩이가 금방 안 떨어진다.

엄마는 휴게실 의자에 쓰러질 듯 앉아 있다. 원체 체격이 큰데다 길고 두꺼운 오리털파카를 입은 탓에 금방이라도 의자에서 굴러 떨어질 것 같다. 3월 중순에 저런 차림이라니.

"몽구야!"

벌떡 일어난 엄마는 나를 붙잡고 거의 횡설수설이다.

결론은 오진구가 집을 나갔다는 거다. 가게 오토바이가 없어졌기에 잠깐 끌고 나간 줄 알았는데, 당분간 친구들이랑 있겠다고 전화가 왔다고 한다. 그래서 집에 가봤더니 옷가지까지 챙겨서 나갔다고, 어딜 가도 짐까지 챙겨가는 애가 아닌데 무슨 일이 생겨도 단단히 생긴 거라고, 그렇게 한참 떠들어대더니 내 손을 잡고 다 죽어가는 목소리로 벌벌 떨며 이야기를 한다.

"이러다 진짜 큰일 나겠다. 짐작 가는 데 없냐? 생각 좀 해봐라. 나는 도무지 모르겠다."

오진구가 아는 친구가 어디 한둘인가. 비보이 형들 연습실만 뒤져도 열 개는 넘는다. 나보다 엄마가 더 잘 알겠지만. 그리고 오진구가 가게 오토바이 끌고 사라진 게 어디 한두 번인가. 어쩌면 멀쩡한 얼굴로 저녁에 집으로 들어올지도 모른다. 오진구라면 그러고도 남는다.

"내버려 둬. 걔 이제 대학 가겠다고 했다며? 내일 학교로 찾아가 보면 되겠네. 수업 일수 땜에 한 번만 더 결석하면 유급이라며? 그래서 걔 요즘 학교 잘 다닌다고 엄마가 좋아라 했잖아."

엄마는 내가 오진구를 '걔'라고 부르는 걸 깨닫지 못한다.

"아니야, 이번엔 달라. 너희 형 근신이라나 뭐라나, 그런 거 받았다. 이러다 말썽이라도 나면 대학이고 뭐고, 고등학교도 잘릴 판이다. 어쩌면 좋냐? 어쩌면 좋아?"

짜증이 확 치민다. 나더러 어쩌란 말인가.

"내버려 두라고. 걔가 그런 게 어디 한두 번이야!"

엄마는 그제야 정신이 돌아온 것처럼,

"싸가지 없는 놈! 걔? 누가 걔냐? 니 형이 동네 똥개냐? 말끝마다 지 형한테 걔래! 그리고 형이 학교에서 잘릴 판이라는데 그게 할 소리냐? 아무리 지 형이 맨날 사고만 치고 다녀도 그렇지! 명색이 동생이란 놈이 그게 형한테 할 소리야! 사고 친 게 다 너 때문인데 그런 말이 나와? 이 인정머리 없는 놈아!"

하고 말한다.

더 들을 필요도 없다. 안 들어도 뻔하다. 그러니까 왜 나한테 부르르 달려와서 오진구 걱정을 해대냐고. 그리고 결정적으로 그건 사실이 아니다. 오진구가 나를 구하려고 그런 거라고? 말도 안 된다.

그 날 동네에서 좀 논다는 애들이 나한테 시비를 건 것까지는 맞다. 그렇지만 그건 그냥 시비였다. 개네들의 시비란 늘상 그렇듯, 자신들의 존재를 알리려는 끈적끈적한 시도일 뿐이다. 그러므로 현명한 사람이라면 그들의 존재를 어느 정도 인정해 주는 대신, 끈적끈적 엮이지 않을 만한 적당한 대응을 해야 한다. 뭐 그게 가끔 비굴하게 보일 수도 있겠지만, 비굴해지면 좀 어떤가. 쓸데없이 흥분해서 시비를 사건으로 만드는 것보다야 훨씬 나은 선택이다.

그런데 오진구는 늘 시비를 사건으로 만든다. 그 날도 오진구가 개네들을 향해 오토바이를 몰고 덤빈 건,

"저기 쓰레빠 오도방, 너희 형 맞지?"

하면서 개네들이 오진구를 쳐다보고 실실 웃는 것에 오진구가 발끈했기 때문이다. 나를 구하겠다, 싸움을 말리겠다, 그런 거랑은 거리가 멀다.

나는 엄마를 내버려 둔 채 뒤도 돌아보지 않고 화장실 쪽으로 뛰어갔다.

뜨거운 덩어리가 머리끝까지 치받아 머릿속에서 부글부글 끓는다. 오진구는 꼭 쓸데없이 사고를 친다. 그냥 적당히 무시하면 될 일을, 사고를 치고 슬그머니 빠진다. 그놈은 사고를 치고 엄마는 벌벌 떨며 쫓아다닌다. 게다가 번번이 나를 끌어들인다. 나를 욕먹인다.

나는 푸푸 사방으로 물을 튀겨가며 세수를 하고, 뒷주머니

에 꽂힌 수건으로 얼굴을 닦았다. 그러고는 모자를 꾹 눌러써 보기 싫은 얼굴을 가렸다.

"야! 여기서 뭐 해? 우리 차례 다 됐어."

부천 형이 나를 찾아 화장실까지 왔다.

"아, 예! 아직 일 안 봐서, 금방 보고……."

"그래, 그래. 빨리 일 보고 와!"

아, 제길! 부천 형들한테 미안하다. 오진구 때문에 이게 뭔가?

나는 세면대 거울 속의 나를 보고 속삭인다.

"얼굴 펴라, 오몽구! 누가 죽기라도 했냐? 오진구 그러는 거 한두 번 봤냐? 그냥 둬! 잊어! 알지? 쿨하게! 오몽구, 원래 이런 놈 아니잖아! 지구가 무너져도 내 건 내가 챙긴다!"

나는 움푹 팬 볼따구니에 힘을 주고 웃는다. 입꼬리 살짝 잡아 올리기. 균형이 안 맞는다. 오른쪽이 너무 올라간다. 그럼 최대한 찢어서 활짝! 웃는 게 아니라 얼어붙은 거다, 이건. 절망적이다. 자연스럽게 웃으려고 하면 할수록 내 얼굴은 더 찌그러진다. 그런데 방법이 없다. 찌그러지지 않게 할 방법이. 이런 망할!

화장실을 나와 급히 강당 쪽으로 가다가 누군가의 발등을 밟았다.

"아야!"

자지러질 듯 앓는 소리를 낸다.

“아, 죄송합니다, 미안합니다!”

나는 마음이 급하다.

“아, 다들 나를 아주 죽일 작정이군!”

여자애가 고개도 들지 않은 채 발등을 부여잡고 말한다. 그러고는 귀에서 이어폰을 빼낸다. 얼마나 볼륨을 키워 놨는지, 음악 소리가 나한테까지 들린다. 럼블피쉬의 「으라차차」다.

“아, 예, 죄송합니다. 제가 급해서.”

“그래, 알아! 어서 갈 길 가.”

딱 부러지는 반말이다. 심하게 거슬린다. 도대체 저런 애들은 뭘 믿고 저렇게 싸가지가 없는 걸까?

나는 여자애를 힐끗 훑어봤다. 아주 작고 하얗다. 얼굴이 희다는 게 아니라 모자도 옷도 온통 흰색이라는 말이다. 얼굴은 모자에 파묻혀 보이지도 않는다. 한마디로 요즘 여자애들 사이에서 유행하는 ‘아디다스 걸’ 차림이다. 아디다스 로고가 선명한 흰색 야구 모자에 하얀 그래픽드레스, 미니스커트에 발목 위까지 올라오는 몬자 파랭이를 신었는데 끈만 흰색을 맸다. 저게 다 얼마야! 돈을 처발랐군.

뒤틀어지려는 맘을 추스르며,

“그럼, 가보겠습니다.”

하고 돌아서는데 목덜미에 여자애의 카랑카랑한 목소리가 휙 날아와 꽂힌다.

“앞으로 밟은 데 또 밟지 마! 그럼 진짜 아프거든!”

배틀은 마음먹은 대로 되지 않는다.

루틴에서도 내가 호흡을 놓치는 바람에 부천 형들이 넘어질 뻔했다. 게다가 개인 배틀에서는 처음부터 스텝이 엇나가는 통에 엉거주춤한 상태다. 춤을 출 때 한번 엇박자를 타면 회복은 불가능하다. 벌써 머릿속에 내가 그려놓은 그림이 미끄러지기 시작했다. 아, 안 된다! 제기랄! 이럴 때 상대팀 시선까지 의식하면 끝장인데. 내 주위를 빙빙 돌며 손가락질을 하는 상대팀 비보이 얼굴에 헤벌쭉 웃음이 지나간다. 내 얼굴은 지금 돌처럼 딱딱하게 굳어 있겠지? 안 봐도 비디오다! 풋워크 스위핑도 제대로 안 된다. 손을 바꾸며 골반을 틀 때마다 비트가 엇나간다.

"오 예! 비보이 몽!"

승이 형의 목소리.

마지막으로 핸드 글라이더[8]! 이거라도 꽂혀야 할 텐데. 요즘 필사적으로 연습하고 있는 기술이니까 이거야 제대로 되겠지.

오른손으로 바닥을 짚고 다리를 벌리며 집중한다. 제발, 이것만은! 이제 팔꿈치를 명치 깊숙이 박아 중심을 잡고 회전해야 한다. 다행히 중심이 잡힌 내 몸이 바닥에서 뜬다. 나중에 튕기기도 시도해 볼까? 제법 가볍게 뜨는데. 나는 왼손으로 바닥을 쳐 로빈[9]을 한다. 빙그르르 돈다. 한 번 더 돌아줘야지. 두 번쯤이야. 그런데 손목이 이상하다. 중심을 잡아줘야 할 오른손 팔꿈치부터 스르륵 무너지더니 맥없이 꺾인다.

아, 안 돼! 참아, 참아…….

제발! 제발!

나는 그대로 코를 박고 바닥에 엎어졌다.

3. 웰컴 투 몽스 하우스

오진구가 집을 나간 지 사흘째다.

오진구가 사라진 다음 나는 계속 휴대폰 문자를 보냈다. 주로 '연락 요망!' 같은 담백한 내용이었다. 간혹 '부탁인데 나랑 말 좀 해!'처럼 간지러운 것도 섞여 있긴 했다. 문자를 보내면서도 답장 같은 건 기대하지도 않았다. 아마도 오진구는 내 문자를 보며 콧방귀를 뀌었을 것이다. 예상대로 답장은 없었다. 평소에도 문자가 오면 열에 아홉은 아무렇지도 않게 씹는 오진구이기에 놀랄 일도 아니었다.

이상한 건 엄마다. 배틀이 있던 날 수련관으로 나를 찾아왔을 때만 해도 오진구한테 혹여 무슨 일이 생겼을까 봐 당장이라도 나를 앞세우고 비보이들 연습실이란 연습실은 다 뒤질 듯한 기세였는데, 언제 그랬냐는 듯 오진구 얘기는 꺼내지도 않는다. 마치 아무 일도 없는 것처럼 아침 일찍 가게에 나간다. 나도 겉으로는 아무 일 없는 것처럼 군다. 그러나 언제나처럼 문제는 나다. 오진구가 없는 집이, 오진구의 부재가 나를 불편하게 한다. 거슬린다. 왜? 도대체 왜?

나는 거실 마루에 나란히 앉아 있는 엄마 아빠를 본다. 결혼할 때 노총각 노처녀였다는 엄마 아빠는 동네에서 '오김밥집' 부부로 통한다. 엄마는 너무 뚱뚱하고 아빠는 너무 말랐다는, 코믹한 사이즈 설정만 빼면 나름대로 어울리는 커플이다. 엄마는 목 주위가 나달나달해진 오진구의 회색 티셔츠를 입고 눈으로는 텔레비전 화면을 좇으며 손으로는 빨래를 개킨다.

"저기……."

나는 망설이다 어정쩡하게 엉덩이를 비비고 앉는다.

"왜?"

아빠다.

"이제 곧 중간고사고, 단과 하나 더 들었으면 해서요."

고등학교 입학하고 처음 보는 중간고사가 다가오고 단과도 하나 더 들어야겠다고 생각은 하고 있었지만, 사실 그 얘기를 하려던 건 아니었다. 오진구 얘기를 하려는데 목구멍에서 도저히 '오진구'가 안 나온다.

"그렇지, 그래! 중간고사지. 너희 때부턴 내신 등급 따라 대학 간다지? 뉴스에서 다 봤다. 중학교랑은 영판 다르지? 그래,

학원도 더 다녀야지! 우리 몽구야 다 알아서 하니까."

러닝셔츠에 파자마만 걸친 아빠가 텔레비전 마감 뉴스에서 눈도 떼지 않고 대답한다.

내가 이 시간에 왜 마루에 나와 엉거주춤 끼어드는지 이 부부는 관심이라곤 없다. 나는 조용히 일어나 내 방으로 간다.

"나 원 참, 언제부터 지가 그렇게 공부를 열심히 했대? 그렇게 공부하겠다는 놈이 브레이크 댄슨지 뭔지는 왜 춰! 누가 저 보고 그 짓 하라고 했어? 인문계 고등학교 들어갔으면 죽자고 공부를 해야지. 지금이 가장 중요한 땐데."

엄마의 목소리는 아빠가 아니라 방 안에 있는 나를 향한다. 엄마도 안다. 낡고 좁은 아파트라 아무리 문을 꽉 닫아도 마루에서 떠드는 소리가 다 들린다는 걸.

"당신도 참, 그야 우리 아들들이 다 재능이 있잖아요! 그리고 몽구는 원래 지 일은 지가 다 알아서 하니까 너무 그렇게 윽박지르지 말아요."

"재능은 무슨 얼어 죽을 재능이에요? 겉멋이지, 겉멋! 지 형이 저렇게 되니까 괜스레 들떠 가지고 따라 하는 거지. 사람이란 다 자기 떡이 있는 거라고요!"

"사모님, 이럴 때 보면 참 이상하신 거 알아요? 진구한테는 안 그러면서 몽구한테는 왜 그래요? 그러지 말아요. 몽구 들으면 섭섭해해요."

"진구는 진구고 몽구는 몽구예요. 당신, 뻑하면 그 소린데 정말 듣기 싫어요."

맞다. 진구는 진구고 나는 나다. 그런데 왜? 나는 안 되고 진구는 되나? 오진구가 춤춘다고 할 때 엄마가 안 된다고 말리는 거 못 봤다. 그런데 왜 나는 겉멋이라고, 내 떡이 아니라고 난리를 치나. 억울한 사람은 바로 나다.

"아, 아니면 됐어요. 화내지 말아요."

드디어 눈치가 오는 아빠. 하지만 한발 늦었다.

엄마는 숨고르기를 하고 다시 시작한다.

"도대체 능구렁이처럼 뭔 생각을 하는지, 내가 속이 터져서. 이래도 예, 저래도 예! 인문계 가겠다고 하기에 이제 맘잡고 공부만 하나보다 했더니 여전히 그놈의 브레이크 댄슨지 뭔지 추겠다고 난리를 치니, 도대체 생각이 있는 앤지 없는 앤지. 속이 부글부글 끓어서, 원."

"알았어요. 잘 알았으니까, 이제 열 좀 식히세요."

아빠는 아마도 오진구가 학교에서 근신 처분을 받았고, 사흘째 집에 들어오지 않는다는 것도 모르고 있을 것이다.

내 싸이 홈피[10]의 'today is'는 늘 그렇듯 '힘듦'이다. 28가지 감정 분류기호 중에 내 선택은 언제나 '힘듦'이다. 다른 걸 고르려고 해도 결국엔 힘듦, 늘 그것만 택하게 된다. 공부냐, 춤이냐. 설마 내가 그런 걸 고민하고 있다고 생각하지는 마라. 나는 공부도 하고 춤도 출 거다. 왜 춤도 추냐고? 그건 왜 밥을 먹느냐? 왜 사느냐? 왜 빨간색이 아니라 파란색이 좋으냐? 그렇게 묻는 거랑 똑같다. 도대체 이유가 왜 필요한가. 문제는 나의 찌질함이다. 싹 무시해야 하는데, 안테나를 세우고 오진구를 의식한다. 그러면서 너저분해진다. 그게 미치게 싫다.

볼륨을 키워 배경음악으로 구입한 럼블피쉬의 「으라차차」를 듣는다. 그 싸가지 이어폰에서 쏟아져 나온 「으라차차」를 들은 다음부터 이 노래가 입에서 뱅뱅 돈다.

우선 또 오진구가 들어와서 장난쳤나 방명록부터 읽는다.

얼마 전까지만 해도 오진구도 싸이에 미니홈피가 있었다. 그러다 여자친구와 헤어지면서 없애버렸다. 사진첩이며 게시판에 그 여자애랑 찍은 닭살 사진들을 잔뜩 올려놓고 광고를 해대더니 한 달도 못 가 홈피를 닫았다.

오진구가 또 들어왔다 갔다. 시간을 보니까 오늘 새벽이다.

여—기.

새로운 유행언가? 오진구는 며칠째 장난치듯 '여—기'라고만 써놓는다. 나는 뭐라고 대답을 해야 좋을지 몰라 그냥 뒀는데 형들이 그 밑으로 줄줄이 글을 올려 방명록을 도배해놨다.

"야, 거기 안 춥냐?"

승이 형이다.

"아홉! 잘난 놈! 한 건 했네! 얼쑤."

필섭 형이다.

"행님! 울 혜미 여보야가 라면 끓여 놨다고 연습실로 오시랍니다, 헤헤."

이건 도형이고, 영진 형도 방명록에 글을 남겼다.

"몽구! 안 나올겨? 학원 끝나고 늦게라도 와! 우리 요즘 새벽까지 개[11]연습이다."

나는 용마산 배틀 이후로 연습실에 가지 않았다. 배틀 때는 몰랐는데, 그 날 밤부터 손목이 욱신욱신 쑤시기 시작했다. 삐끗한 모양이다. 얼음찜질을 했건만 아직도 욱신거린다. 실은 아픈 것보다 창피했다. 아마도 거기 온 비보이들 중에는 "재가 비보이 나인 동생이래!" 그러면서 바닥에 엎어진 나를 가리키며 쑥덕거린 애들도 있었을 것이다. 제길! 그런 것쯤은 간단히 무시해야 되는데. 무시하는 척이라도 해야 하는데……. 여하튼 승이 형한테 전화해서, 손목이 좀 나으면 다시 나가겠다고 말했다. 그런데 승이 형은 "그래라, 그럼!" 한다. 내가 먼저 안 나가겠다고 말해 놓고 승이 형이 그렇게 나오니까 섭섭한 건 또 뭔지. 승이 형의 대답은 '너 같은 건 없어도 돼!'라는 말처럼 들렸다.

사진첩을 열어 봤더니, 모르는 이름으로 덧글이 세 개 있다. 공중전화 부스에서 나이키 프리즈[12] 한 걸 도형이 찍어준 사진이다.

진내인 : 오^^ 퍼 가요~♡ 우리 어디서 본 것 같지 않나요?

진내인? 전혀 아는 바 없는 이름이다. '누구지?' 하는 기분으로 진내인의 미니홈피를 클릭한다. 대문 사진부터 장난 아니다. 여자애들이 아무 데서나 카메라 들고 자기 얼굴 찍어대는 '셀카'다. 45도 각도로 턱 치켜들고 눈 동그랗게 뜨면서 귀여운 척 동그랗게 오므린 입술을 앞으로 내밀었는데, 밉상은 아니다. 하긴 이런 설정으로 찍은 셀카치고 밉상인 얼굴은 없다. 얼굴 색깔만 수정해도 실물과는 느낌이 확 달라진다. 흔히들 말하는 뽀샵질의 힘이다. 사진첩 '나는 누구'라는 제목의 폴더에는 죄다 그런 종류의 사진뿐이다. 심각한 셀카 중독.

여하튼 'today is'는 '사랑해', 그 밑에 자기 소개는 '사랑해서 외로운 비걸[13], 외로움에 중독됨'이다. 이런 셀카 공주가 비보잉을 한다고? 춤이 참 고생한다! 대체 내 사진은 어디다 퍼다 논 거야? 열 개가 넘는 사진첩 폴더를 다 열어볼 수도 없고. '당신은 누구', 여기 있나?

있다. 내 홈피에서 퍼 간 사진!

이 사람, 머리가 비정상적으로 작다. 용마산 배틀 때 봤더니~ㅋ

사진 밑에다 이렇게 써놨다. 황당하다. 여자애들은 이해하기 힘든 종족이 분명하다. 어떻게 이런 말을. 그냥 나올까 하다 마지막으로 '다이어리'를 열어봤다. 오늘 날짜 다이어리가 바로 떴다.

나는 오늘 그를 만났다.
나는 오랫동안 그의 손을 훔쳐본다.
그의 손은 그의 얼굴만하다.
그리고 그의 손은 굳은살 때문에 아주 단단하다.
그리고 그의 손에는 흉터가 무늬처럼 그려져 있다.
그래서 나는 그의 손이 좋다.
그의 손은 위대하기 때문이다.
누군가의 손이 파괴를 위해 쓰일 때, 그의 손은 언제나 창조를 위해 쓰인다.
그래서 나는 그의 손을 훔치고 싶다.
왜냐하면, 그의 손은 오로지 그의 것이기 때문이다.

대체, 무슨 말이야?

여자애 홈피에서 나와 영진 형 홈피에 가려는데, 딩동 하고 쪽지가 뜬다. 오진구다.

아우, 안녕! 늦었지?
마마한테는 어제 전화했다.
일 내지 않고 조신하게 근신할 테니 걱정 말도록!

나 없는 동안 마마를 부탁해!

웃기는 오진구다. 그렇게 난리치고 사라져서는 한다는 소리가 고작 이거다. 마마를 부탁해? 원래 마마는 오몽구의 마마가 아니라 오진구의 마마가 아니었던가.

4. 아, 오후 일곱 시

오후 일곱 시는 몽구스 바른생활 사나이, 승이 형이 사수하는 시간이다. 학교 끝나고 꾸물대다 보면 늦기 십상이고 나처럼 학원 단과라도 다니면 절대 맞출 수 없는 시간이다. 오로지 아무 생각 없이 아무 짓 안 하고 연습실로 직행했을 때만 맞출 수 있는 시간이, 오후 일곱 시다.

그래도 승이 형은 주장한다.

"비보잉은 연습의 산물이다. 그러므로 비보이는 연습 시간을 사랑해야 한다. 그러므로 우리는 연습 시간을 사수한다."

원래 청소년 수련관 소속 동아리로 활동하던 우리 팀은, 작년 겨울에 수련관 연습실 사용 문제로 징계를 받고 쫓겨나 지하철 역사를 전전했다. 그 때 승이 형은 '이참에 우리 연습실을 만들자!'고 주장했다. 우리가 팀 연습실을? 나의 회의적인 생각과는 다르게 승이 형은 마침내 지난 달 동네에 있는 한 건물 지하에 연습실을 마련했다. 동아리 담당 선생님이 징계를 풀어줘서 수련관 연습실을 다시 사용할 수 있게 됐는데도 승이 형은 굳이 '우리만의 연습실'이 필요하다며 고집을 꺾지 않았다. 그러고는 연습실 벽에다 온갖 구호를 써놓고 점호하는 군인처럼 외쳐댄다. 뭐, 틀린 말들은 아니다. 그래도 너무 유치하다. 꼭 그런 걸 벽에다 써놓아야 하나. 그냥 각자 알아서 하면 될 일을.

"이걸 내가 장식용으로 건다고 생각하지 마! 지각하면 열 대야!"

승이 형은 유성펜으로 '지각매'라고 쓴 두툼한 몽둥이를 연습실 보드판 위에 걸며 그렇게 말했다. 팀 멤버 형들이 낄낄대며 미심쩍은 눈길을 보냈지만 승이 형은 아랑곳하지 않았다.

그럼에도 불구하고 지난 한 달간 지각매를 사용한 건 단 한 번뿐이다.

어느 날 오후 일곱 시, 나는 학원에 가는 대신 연습실로 향했다. 한참 뒤에 얼굴이 벌겋게 달아오른 승이 형이 비틀대며 연습실 문을 열고 들어왔다. 우리의 시선이 일제히 불타는 승이 형의 얼굴에 꽂혔다. 그럴 수밖에 없었다. 우리는 '오후 일곱 시'를 외치며 단 한 번도 늦은 적이 없는 승이 형을 기다리는 중이었다. 게다가 지하 연습실로 내려오는 비좁은 열아홉 개의 계단이 쿵, 쾅, 쿵 엇박자로 울리는 소리를 생생한 효과음으로 듣고 있었다.

"야, 물 건너갔던 우리 공연비! 나 박승이 개처럼 물어뜯어 접수해왔다!"

흰 봉투를 꺼내 만세 부르는 자세를 취한 승이 형이 쿵! 소리와 함께 쓰러졌다. 지독한 술 냄새를 풍기면서. 술은 입에도 못 대는 체질이니 그러고도 남을 상황이었다.

"에고, 가엾은 거…… 쯧쯧."

영진 형이 구석에 아무렇게나 구겨져 있던 담요를 펼쳐 덮어 주었다. 그러고는 한없이 애처롭다는 표정으로 승이 형의 벌겋게 달아오른 얼굴을 내려다봤다.

잠시 후 부스스 일어난 승이 형이 소리쳤다.

"뭐야! 여덟 시? 이런, 이런!"

그러고는 내 손에 지각매를 쥐여줬다. 승이 형 얼굴에서 웃음기가 싹 가셨다. 나를 둘러싼 다른 멤버들의 얼굴은 희희낙락.

"몽군아, 리더가 까라면 까는 거야! 언능!"

도형이 닭살 돋는 콧소리까지 섞어가며 내 옆구리를 찔렀다.

이건 무슨 코미디도 아니고, 나도 맨날 늦는데 왜 하필 나한테 이러나 싶었다. 그 날 나는 거듭되는 승이 형의 재촉과 팀 멤버들의 야유 속에서 승이 형 엉덩이를 있는 힘껏 열 번이나 내리쳐야 했다.

아직도 난 모르겠다. 승이 형이 왜 나한테 지각매를 쥐여줬는지. 아무튼 그 날 이후로 오후 일곱 시는 나의 기준 시각이 돼 버렸다. 그냥 오후 일곱 시가 아니라, '아! 오후 일곱 시'가 돼 버렸다. 오후 다섯 시에 오는 학원 버스를 기다리면서도 '아직 두 시간 남았네!' 했고 학원에 가서도 '삼십 분 지났네!' '두 시간 지났네!' 하는 식으로 내 머릿속에서 시계가 돌아갔다.

이제 한 시간 십 분 남았다. 나는 조심조심 연습실 계단을 내려가면서 생각했다. 고꾸라질 듯한 급경사에 폭도 좁은 계단이다. 연습실 문을 활짝 열고 버릇처럼 마스크를 꺼내 썼다. 환기도 안 되는 지하에서, 그것도 더럽기까지 한 데서 연습하기는 싫다. 한구석에 몰아놓은 연습실용 운동화를 찾아 신고, 이십 리터짜리 쓰레기봉투를 꺼냈다. 무더기로 굴러다니는 과자 봉지들과 먹고 나서 그대로 둔 컵라면 용기들, 용도를 알 수 없는 알록달록한 천 쪼가리들까지 꽉꽉 눌러 담았다. 그 때마다 먼지가 와륵 올라왔다.

"도통 치울 줄들을 모른다니까! 다른 사람 생각은 조금도 안 해!"

나는 계속 투덜댔다. 비질까지 마치고 나니 꾸르륵꾸르륵 뱃속에서 난리가 났다. 오십 분 남았다. 형들은 삼십 분쯤 전에 오니까 앞으로 이십 분은 혼자 쓸 수 있다.

컵라면을 뜯어 뜨거운 물을 부은 다음 컴퓨터 앞에 앉았다. 짧은 동영상 하나 보면 딱 맞을 시간이다. 여러 번 봤지만, 또 갬블러[14] 동영상이 당긴다. 파워 무버와 스타일 무버의 환상적인 조합을 자랑하는 우리나라 최강 비보이 팀. 아, 저런 팀에서 활동할 수만 있다면……. 작년에 도형이가 승이 형 몰래 갬블러 주니어 오디션을 봤다고 하기에 "미친 놈! 승이 형이 알면 어쩌려고?" 하고 윽박질렀지만, 되기만 한다면야 안 갈 이유가 없다. 그건 승이 형이랑 상관없다. 기회란 자주 오는 게 아니니까. 왔을 때 덥석 물어야 한다.

나는 바닥이 보일 때까지 후루룩 라면 국물을 들이켰다.

"완전 의식불명이군. 그래도 너무 기죽지 마라. 다큐란 게 원래 꽂힌 거 죄 모아다 짜깁기한 거야. 우리 몽구스 꽂힌 것만 모아다 다큐 만들어도 저렇게 돼!"

돌아보지 않아도 아는 목소리, 몽구스 바른생활 사나이다. 하필 내가 그런 생각을 하고 있을 때 나타나다니.

"흐흐."

나는 괜히 승이 형을 보고 웃었다.

"손목은?"

아, 저 정다운 말투. 저런 게 바로 거부할 수 없는 승이 형의 매력이다.

승이 형이 오고 얼마 지나지 않아 오진구가 나타났다. 집 나간 오진구가 오후 일곱 시에 맞춰 연습실에 나타날 줄이야.

"야, 여긴 언제 봐도 썩었다. 이게 뭐야? 비보이 연습실에 거울도 없고. 젠장! 이래 가지고 연습이 돼? 제일 먼저 거울부터 달아야지! 거울도 없는 데서 무슨 연습을 해."

오진구는 승이 형 들으라는 듯 빈정대며 돌아다닌다.

거울이 필요하다는 걸 모르는 사람은 없다. 몰라서 한 달 동안 거울 없이 연습한 게 아니다. 문제는 돈이지. 한쪽 벽 전체에 거울을 달려면 만만찮게 돈이 든다. 오진구도 그런 사정을 잘 안다. 알면서 시비 거는 놈, 그게 오진구다.

오진구는 일주일이 넘게 집 밖에서 생활했다고는 도저히 상상할 수 없는 차림새였다. 게다가 옷도 처음 보는 것이다. 가격도 가격이지만 구하기도 어렵다는 트라이벌 태깅 티셔츠에 리바이스 엔지니어드 청바지. 160이 간신히 넘는 오진구에게는 어울리지도 않는다. 그걸 모르는 사람은 오진구밖에 없다. 솔직히 오진구가 멋있을 때는 춤출 때밖에 없다. 한마디로 오진구는 비보이가 아니었으면 잘나갈 일 하나도 없는 놈이다.

"집 나가더니 스폰서라도 물었어? 그래도 운동화는 좀 갈아신지 그래?"

나는 속이 뒤틀렸다.

"히히! 명석한 놈이라 금방 알아보시네."

오진구는 아직도 그의 애장품, 나이키 에어맥스 97을 신고 장판 위를 걸어다닌다. 나이키라는 상표가 그리스의 '승리의 여신' 나이키에서 유래한 걸 알기나 할까? 세상을 다 가진 것처럼 우쭐대는 오진구는 유치하기 그지없었다. 연습실에 오면 연습할 때 신는 운동화로 갈아 신어야지. 기본도 없는 놈이다.

"그래! 운동화는 갈아 신는 게 좋겠다."

그 때까지 아무 말 없던 승이 형이 한마디 한다.

"어, 이거! 걱정 마. 깨끗해, 아주 깨끗해."

늘 듣던 말에 늘 보던 표정인데 심하게 거슬린다.

승이 형이랑 있을 때는 널찍하게 보이던 연습실이 오진구가 나타나자 손바닥만해진 느낌이다. 오진구의 숨소리, 손짓 하나하나가 다 보인다. 다들 뭐 하느라고 이렇게 늦는 거야! 나는 연습실 문만 바라본다.

"박승! 너 요즘 뭐 하냐? 영진이 말로는 거기 그만뒀다고 하던데, 사실이냐?"

뜬금없이 오진구가 묻는다.

"어! 그냥, 그게 그렇지, 뭐……."

승이 형은 더듬고.

무슨 일로 승이 형이 더듬기까지 하는 걸까? 나는 흐느적대며 연습실을 돌아다니는 오진구의 뒤통수를 힐끗 봤다.

"무슨 대답이 그러냐? 하긴 나랑은 상관없는 일이지."

"……."

"하기사, 알바란 게 원래 돈 많이 주면 일급 알바지."

승이 형이 알바 얘기하는 거 엄청 싫어한다는 걸 알면서도 저렇게 이기죽거리다니.

오진구는 괜스레 정수기 온수 버튼을 눌러 바닥으로 물을 흘리고, 텔레비전을 껐다 켰다 하고, 냉장고를 뒤져 날계란을 먹고, 가스 밸브를 풀었다 잠갔다 한다.

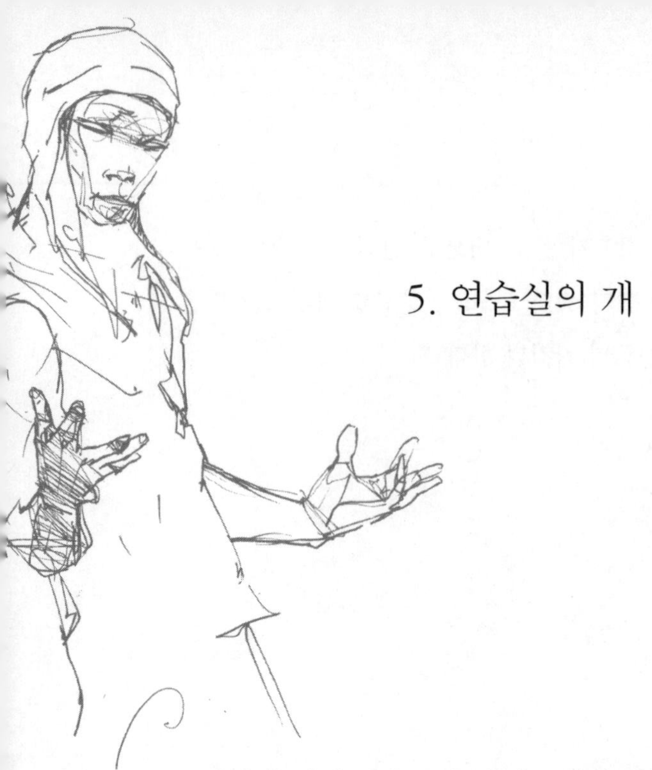

5. 연습실의 개

잠시 후 영진 형과 도형, 혜미 누나를 비롯한 몽구스 멤버들이 나타났다.

그러자 조금 전까지만 해도 오진구 앞에서 뭔가 불편한 사람처럼 쩔쩔매던 승이 형이 정색을 하고 연설을 한다.

"보티[15] 예선 날짜 잡혔다는 거 알지? 보티로 말하자면, 에, 음, 보티, 프리스타일, 유케이, 이렇게 3대 세계 비보이 대회고. 음, 그 중에서도 보티가 제일 알아주는 세계 제일의 대회고. 음, 너희들도 잘 알겠지만 팀 퍼포먼스에서 승부가 나니까 우리 팀처럼 화합, 결속, 소속감 끝내주는 팀은 한번 해볼 만한 거지. 까짓, 쫌만 업시키면 돼! 세계대회 우승이 별거냐!"

승이 형은 지금 보티, 즉 독일에서 열리는 '배틀 오브 더 이어' 본선까지 가보자고 하는 것이다.

아까부터 입을 가리고 킥킥대던 도형이 참지 못하고 "크윽!" 웃음을 뱉는다.

"야, 도시락! 조용히 해라, 엉!"

영진 형이 퍽 소리가 날 정도로 도형의 옆구리를 세게 쳤다.

하지만 승이 형은 내가 봐도 우스꽝스럽다. 열중쉬어 자세로 고개를 치켜들고 더듬더듬. 게다가 보티 우승이 어쩌고저쩌고. 그건 분명 유치한 '오버'다. 물론 리더인 승이 형으로서야 충분히 할 수 있는 말이겠지만.

나는 승이 형보다는 소파에 앉아서 꼼짝 안 하는 오진구가 계속 신경 쓰인다. 힐끗 보니 잔뜩 찌푸린 얼굴이다. 혜미 누나가 옆에 바짝 붙어서 뭐라고 계속 소곤대는데 듣는 둥 마는 둥 반응이 없다. 아니, 다리를 쭉 펴고 손으로 얼굴을 가린 채 소파 등받이 위로 머리를 젖힌다. 또 사고를 칠 기세다.

"음, 웃지 말고 우리 한번 화끈하게 뭉쳐서 질러보자! 우리는 한번 한다면 하는, 몽구스 비보이들 아니냐! 죽기 아니면 우승! 이런 완전무장 정신으로 가는 거다!"

승이 형은 물러설 기미가 보이지 않는다. 우르르 몰려서서 듣고 있던 우리들 사이에서 더는 참기 힘들다는 듯 키득키득 웃음소리가 비져 나와도 멈추지 않는다.

"야, 더는 못 들어주겠다!"

역시나 오진구가 시비를 건다.

"그만 해라! 니가 무슨 해병대 조교냐? 우리가 뭐 전쟁에라도 나가? 뭐가 죽기 아니면 우승인데? 아예 벽에다 혈서라도 쓰지? 죽기 아니면 우승! 그렇게."

"……"

"퍼포먼스하려면, 퍼포먼스에 대해서 생각해, 엉? 이번 공연에서 뭘 보여줄 건지, 파트를 몇 개로 할 건지, 크로스로 놓을 건지, 하나로 묶을 건지, 어떤 분위기로 나갈 건지. 왜 그걸 하는지, 몽구스 퍼포먼스의 독창성! 그런 걸 생각하라고."

도형은 언제부턴지 연방 고개를 끄덕이며 오진구를 바라보고 있다.

"비보잉의 생명은 오리지널리티, 독창성이라고. 그게 퍼포든 프리스타일이든. 알겠냐? 내 무브, 내 스타일, 내 길 만들기, 그런 것도 좀 고민하고 말야! 이거는 처음부터 끝까지 개념이라고는 없다니까. 비보잉을 하려면 비보이의 자존심을 가져라 그거야, 내 말은. 솔직히 여기 나 빼고 풋워크라도 제대로 되는 놈 있어? 있으면 나와 봐!"

이건 또 웬 삼천포? 비보잉의 생명이니 자존심이니 오진구가 제법 말다운 말을 하나보다 했더니, 결국은 자기 자랑이다.

"그래, 그렇구나! 너 빼고 여기 풋워크도 제대로 되는 놈 없다. 인정하지. 그런데 여기 너만큼 자만심에 빠져 있는 놈도 없다. 비보이의 자존심 말고 자만심! 그거 말이다!"

승이 형의 목소리는 싸늘하다.

"뭐야?"

"왜? 인정하기 싫으냐? 하하하! 그래서 이제부터 우리 못난 놈들끼리 해볼 테니까 잘난 너는 빠져라. 어차피 너 몽구스에서 나간다면서?"

오진구가 몽구스를 나간다고?

그 때 움츠리고 있던 혜미 누나가 "어머머!" 하고 놀란 토끼처럼 벌떡 일어났다.

"그래? 내가 몽구스 나간다고? 언제 그랬지? 기억 안 나는데."

오진구의 저 빈정거림.

"그렇죠? 진구 씨가 나가면 어떡해? 울 여보야 대학 가려면 상 많이 받아서 점수가 높아야 하는데. 안 돼요, 안 돼! 진구 씨 없인 불가능해."

이 상황에서 저런 말이 나오다니! 참으로 신기하다. 물론 혜미 누나 말대로 '특기자 전형'을 생각한다면 몽구스 멤버들에게 오진구는 꼭 필요한 존재이긴 하다. 오진구가 없다면 전국대회 규모의 경연에서 입상은 꿈도 꿀 수 없을 테니까.

"혜미 씨, 걱정 마세요. 몽구스엔 리더의 화신, 박승이 있잖아요."

오진구는 꼬박꼬박 혜미 누나를 혜미 씨라고 부른다.

"호호호, 그러게요."

혜미 누나를 어쩌면 좋담.

"오진구, 이 새끼!"

느닷없이 승이 형이 뱉은 말은 내게 충격이었다. 승이 형은 절대 오진구랑 싸워서는 안 된다. 보기 싫다. 그러나 승이 형은 오진구가 서 있는 쪽으로 몇 걸음 걸어간다.

“야! 왜 이래?”

영진 형이 잽싸게 승이 형 팔목을 잡는다. 다행스럽게도 승이 형 망가지는 꼴을 절대 못 보는 사람이 나선 것이다.

“이제 연습해야지! 뭣들 하냐?”

승이 형을 구석으로 몰아붙인 영진 형이 멤버들 사이를 휘젓고 다니며 툭툭 친다.

“어서어서 옷 갈아입을 사람 갈아입어라! 맨소래담 스프레이 있는 사람 있으면 나 좀 주고. 아까 동대문 공연 때 엘보하다가 팔꿈치 아작 난 거 같다. 아대 차고 뛰었는데도 이 모양이니.”

영진 형은 계속 흩어지라는 신호를 보낸다.

그런데 지금껏 안 들리는 척, 모른 척 외면하고 있던 다른 멤버들 분위기가 이상해진다. 정신없이 엉킨다. 시작은 필섭 형이다. 필섭 형이

“누군 똥이고 누군 개냐?”

하면서 도형의 뒤통수를 치자,

“아야야!”

도형이 죽는 소리를 하고,

“미친 개 좀 저리 치워라!”

필섭 형과 붙어 다니는 영환 형이 도형을 밀친다.

"허허허, 형님들! 진정, 진정하세욧!"

도형은 헛웃음을 치며 뒤로 물러선다.

"열라 말 많다!"

필섭 형이 다시 한 번 도형의 뒤통수를 친다.

만만한 도형에게 저러는 걸 보면 장난 같기도 하고……. 물론 지금 형들이 뭐라고 하는 건 도형에게가 아니다. 도형을 빗대서 오진구에게 태클을 거는 거다. 그래도 좀 심하지 싶다. 오진구에게 직접 덤빈다면 몰라도 죄 없고 힘없는 도형을 건드리다니. 더티 플레이다. 하긴 언제부턴지 필섭 형은 저런 식으로 오진구에 대한 감정을 드러내곤 했다. 그런데 승이 형은 왜 가만히 있는 걸까? 나는 상황 파악이 안 된다.

그 때 필섭 형이 실실 웃으며 도형에게 팔을 내밀었다.

"컹컹! 자, 물어!"

"에구구, 왜 이러세요."

도형이 헤벌쭉 웃으며 비켜선다.

순간 오진구가 필섭 형을 향해 몸을 날린다. 한 마리 몽구스처럼.

몽구스! 인도에서는 코브라 같은 독사 퇴치용으로 쓴다는 작고 날렵한 동물. 아마도 오진구는 몽구스를 팀 이름으로 하자고 주장할 때부터 무의식적으로 몽구스에 끌렸는지 모른다. 어쩌면 저렇게 비슷할까.

엉덩방아를 찧고 주저앉은 필섭 형! 오진구의 주먹이 마구잡이로 날아간다. 체구로는 상대가 되지 않지만 필섭 형은 꼼짝없이 당한다. 오진구의 서슬에 놀란 형들이 말리는 시늉을 했다. 그러나 다 안다. 오진구가 스스로 멈출 때까지 누구도 말릴 수 없다는 걸.

그 틈에 승이 형은 휑하고 나가버린다.

오진구는 승이 형이 나가든 말든 필섭 형을 잡고 악을 쓴다.

"이 양아치 새끼!"

"어머, 진구 씨, 그러지 마세요! 흑흑, 장난이잖아요! 우리 여보야가 좀 아프기는 했겠지만."

혜미 누나까지 한몫 거든다.

"야, 오진구! 너 진짜 그만 안 할래?"

영진 형이 빽 하고 소리를 지른다.

오진구가 멈칫했지만 그건 영진 형 때문이 아니다. 오 분쯤 날뛰고 나면 제풀에 지쳐 뻗어버리는 게 또 오진구다. 예상대로 오진구는 다시 소파에 구겨져 꼼짝도 안 한다. 팔짱까지 끼고 인상이란 인상은 잔뜩 구긴다. 저러다 자겠지.

나는 골반을 똑바로 세워 중심을 잡고 물구나무선 채로 다리에 힘을 준다. 내가 끼어들 상황도 아니고, 끼어들 마음도 없다. 정필섭이나 오진구나 똑같이 한심한 부류니까. 자신의 감정을 저따위로밖에 드러낼 줄 모르다니, 쩝!

그런데 정말 오진구가 몽구스를 나가나? 오진구가 없는 몽구스를 상상하기 힘들다. 만약, 만약에 정말이라면……. 나는 나쁠 거 없다! 그러나 몽구스로 보면, 오진구 없이는 힘들다. 오진구가 도대체 언제부터 이렇게 중요한 인물이 됐는지 모르겠다.

오진구가 처음부터 춤을 잘 춘 건 아니다. 오진구가 잘하는 거라곤 사람 물어뜯는 일과 비위가 틀어지면 악을 쓰며 데굴데굴 구르는 것밖에 없었다. 그러던 오진구가 춤을 추기 시작하면서 변했다. 오로지 춤! 그거였다. 온몸에 멍이 들고, 무릎이 깨지고, 엉덩이뼈가 부서져도 춤을 췄으니까. 엄마가 벌벌 떨며 "아프지?" 그러면 히죽 웃으면서 "하나도 안 아파!" 하고는 엄마 품을 파고들었다. 그러면 엄마는 오진구를 안고 펑펑 울었다. 젠장!

나는 다리를 벌려 프리즈 자세를 잡고 5초간 버티기를 한다. 다시 반복. 자세 바꾸기. 그 사이 혜미 누나를 밖으로 끌고 나가려는 도형과 안 나가려는 누나의 실랑이가 진행 중이다.

"싫어, 싫어! 엉엉, 싫다니까!"

유치원생이 엄마한테 징징대는 투다.

"여보야, 제발, 플리즈!"

어쩔 줄 몰라하는 도형.

진심으로 기도하고 싶다. 도형을 보호하소서. 도대체 저런 혜미 누나가 어디가 좋다고……. 내가 상관할 바는 아니지만, 재수생이라는 혜미 누나는 공부에는 전혀 관심이 없고 오로지 외모 가꾸기와 연애에만 매달린다. 게다가 바람둥이라는 소문도 있다. 뭐, 그래도 도형이 좋다는 데야 할 말 없지만.

나는 물구나무서기 자세가 좋다. 피가 머리로 몰리면서 머리가 확 열리는 느낌이다. 맞은편에서 낮은 포복 자세로 스트레칭 중인 영진 형도 보인다. 주먹만한 얼굴에 흰 피부. 적당하게 근육이 붙은 몸매. 영진 형의 얼굴은 굳어 있지만 스트레칭은 어떤 동작이든 부드럽게 나오고 들어간다. 영진 형은 지금은 스타일 무버지만 예전에는 파워 무버였다. 주특기는 '엘보 통통이'. 에어트랙의 변형인 엘보트랙을 칠 때 통통 튕겨주는 걸 엘보 통통이라고 한다. 그 시절, 영진 형의 엘보스핀에선 부드러운 카리스마가 뿜어져 나왔다. 엘보 통통이를 치다가 알통 핏줄이 터지는 바람에 피를 뿜고, 입원하고, 온갖 고생을 다 한 뒤에 스타일 무버로 변신했지만.

"야, 오몽구! 물구나무서기만 하다 갈래? 머리 안 아파? 비정상이야, 비정상! 이제 그만 일어나!"

도형이 얼굴을 바닥에 대고 내 눈을 들여다본다.

"흐흑, 너의 여보야는?"

"간신히 보냈다. 다 이 엉아의 업보다, 업보! 하여튼 징그러우니까 그만 웃어라! 학원 땡땡이치고 왔으면 뭐 하나라도 제대로 건져 가야지. 나랑 탑 앤 업락! 오케이?"

도형은 혜미 누나랑 사귀다 누나 동생한테 걸린 적이 있는데, 그 때 계약서를 썼다고 한다. 조항이 열 개도 넘는다는데,

그 중에 하나가 '어떤 경우에도 혜미 누나를 울리지 말 것'이라나 뭐라나. 여하튼 도형은 그걸 자신의 업보라고 부르곤 한다. 하기는 녀석의 '업보'는 널리고 널렸다. 새엄마가 데려온 쌍둥이 여동생들을 보고도 그랬고, 사각형에 가까운 자신의 몸매를 놓고도 그랬고, 딱 봐도 수술한 티가 노골적으로 나는 혜미 누나 쌍꺼풀에 대해서도 그렇게 말했다.

나는 일어나서 영진 형을 찾았다. 어느새 영진 형은 소파에 누워 있는 오진구 옆에 앉아 빽빽 담배를 빨아댄다. 언제부터 영진 형이 끽연을 시작한 걸까? 몽구스의 흡연가는 오진구와 정필섭 말고는 없는 줄 알았는데. 영진 형은 초조한 듯 다리를 떨며 휴대폰을 열었다 닫았다 하더니 마침내 전화를 건다.

"박승, 어디야? 그렇게 가면 어떡해?"

흰 연기가 피어오르는 담배 끝에 기다란 담뱃재가 떨어질 듯 말 듯 매달려 있다.

"어딘지나 빨리 말해, 그러지 말고. 어디야? 어디냐고? 야! 야!"

부러진 담뱃재가 영진 형 허벅지에 떨어졌다.

"야, 신경 꺼!"

도형이 나를 툭 친다. 영진 형 건드리지 말라는 뜻이다.

"우리 조용히 한 판 뛰자!"

그새 다들 나가고 연습실엔 도형과 나, 오진구, 영진 형밖에 없다.

"남들은 뭐 뉴욕 스타일이니 어쩌니 하지만 그런 게 어디 있냐, 그냥 노는 거지! 난 원래 생각하면 머리가 아픈 사람이거든. 뉴욕 스타일! 그런 거 없다고 본다. 아무튼 나는 이 탑락의 원투 공격이 좋다. 자, 이렇게! 원투에 저돌적인 공격! 쓰리 포에 완벽한 수비!"

도형은 미끈한 탑락 자세를 선보인다.

"왼다리 공격, 펀칭! 오른다리 안으로 당기고 붙이고 빼고."

숨도 안 쉬고 계속 떠든다.

"커팅! 슈팅! 펀칭! 이게 비트랑 딱딱 맞으면 진짜 죽이지."

영진 형도 밖으로 나간다.

"야, 야, 이 선생님을 봐야지, 어디 한눈을 파냐! 봐봐, 일단 탑락 스텝으로 미는 거지. 가슴을 쫙 펴서 내밀고, 시선은 전방 고정! 턱 들고, 무기 장전하고, 쏘는 거야!"

도형은 어깨로 부드럽게 업 바운스 리듬을 타며 다리를 앞으로 뺀다. 밀고 당기고 옆으로 뒤로 치고 빼고 제자리에서 퉁기고, 마음대로 달리고 도는 탑락의 느낌이다.

"이게 나의 독창성 아니겠냐! 으하하하!"

뭐, 인정한다.

"올드 스쿨[16] 요오! 나는 말야. 올드 스쿨에 필이 꽂히거든. 이게 딱 내 스타일이야. 느끼는 대로, 내 몸이 느끼는 대로 가는 거지. 세상 끝까지!"

세상 끝까지. 나는 연습실을 독무대 삼아 웃고 떠드는 도형을 보며 과연 도형의 세상 끝은 어딜까 하고 생각했다. 아무리 잘 풀려도 댄스 스쿨 강사가 고작이다. 난 그렇게 살고 싶지 않다. 나는 춤으로 먹고살 생각 같은 건 전혀 없다. 그러니 정도껏, 알아서, 적당히 해줘야 한다.

6. 오디션 본 건가요?

몽구스 다음카페 게시판에 승이 형이 올린 공지가 떴다.

우리 팀에 들어오고 싶다는 비걸이 있는데, 너희들 의견은 어떠니? 오디션 신청했거든.

곧이어 게시판에 '비걸 레인'이란 이름으로 '오늘 가요!'라는 제목의 글이 떴다.

안녕하세요? 비걸 레인입니다.

조금 전에 리더 분의 메일을 받았어요.

학교 끝나는 대로(저는 E여고 1학년이에요), 사가정역 2번 출구로 뜰 계획이고요.

아마도 여섯 시, 일곱 시 사이가 될 듯하지요, 하하하.

제 얼굴을 모르시니 특별히 아디다스 드림딕 시리즈 화이트 티셔츠와 크로스 백을 착용하도록 하겠고요. 제가 155센티미터가량의 소인이란 걸 염두에 두시면 단박에 필이 오실 거예요. (아주 고전적인 접선 방법이죠!)

그럼 지리에 어두운 저를 위해 누군가 마중을 나와주신다면 그 은혜에 확실히 쏠게요.

분명 차분한 어투인데 뭐랄까, 거슬린다.

너 오늘 연습 오지?

중간고사도 끝났는데 당연 오시겠지.^^

카페 게시판 보고, 오디션 비결 좀 데리러 가 다오.

게시판의 글을 읽는 중간에 실시간으로 뜬 승이 형의 쪽지다. 다른 사람이라면 모를까, 승이 형이 하는 부탁을 거절할 수는 없다. 그건 리더에 대한 예의가 아니니까. 그리고 나는 예의 바른 놈이니까.

지금 나는 사가정역 2번 출구 바로 옆에 있는 한 패스트푸드점 창가에 앉아 있다. 창밖을 주시하면서 다이어트 콜라를 홀짝거린다. 지하에서 올라오는 계단, 2번 출구 주위는 사람들로 북적댄다. 시장 상가와 맞물리는 사거리에 있는 출구라 노점상도 많고 지나다니는 사람도 많다. 계속 뚫어져라 보고 있었더니 눈이 아플 지경이다.

게다가 티셔츠 소매가 짧아 자꾸 달려 올라가는 것 때문에 신경이 곤두선다. 이것도 다 오진구 때문이다. 교복을 갈아입으려고 집에 들렀더니 엄마가 몇 개 되지도 않는 내 티셔츠와 바지를 몽땅 세탁기에 담가 놓았다. 할 수 없이 오진구 방을 뒤져 아무거나 걸치고 나왔다.

그나저나 드림딕 시리즈 티셔츠에 가방이라고 하면 다 알아먹는 줄 아나. 나는 155센티미터라는 그 애의 키에 집중한다. 그래도 모르겠다. 벌써 여섯 시 삼십 분인데. 나갈까? 꼴이 좀 추레하지만 나가서 계단 끄트머리에 서 있으면 비인지 레인인지 하는 드림딕 티셔츠가 아는 척하겠지!

그 때 진짜 아주 작은 여자애가 눈에 들어왔다. 흰 티셔츠에 막대사탕을 물고 주위를 두리번거리는 여자애!

"안녕!"

내가 "저기……"라고 하자 그 애는 대뜸 그렇게 대답했다.

그런데 낯이 익다. 어디서 봤더라? 앗! 그 애다. 싸가지 아디다스 걸. 목소리가 확실하다.

"니가 나올 줄 몰랐네. 반가워."

하고 그 애가 손을 내민다. 작은 키에 손은 왜 그렇게 큰지, 내 손만하다.

“가자! 여기서 마을버스 타야 한다고 하던데. 어디서 타?”

계속 반말이다.

“나 알아요?”

트레이닝복 바지 주머니에 양손을 찔러넣고 앞서가면서 말했다. 차마 반말은 안 나온다.

“풋, 그럼 알지! 비보이 몽!”

“…….”

그래, 내가 동네북이다. 나는 울컥하는 맘을 접고 정류장에서 마을버스를 탔다. 버스 안은 한산했지만 앉을 자리는 없었다. 손잡이를 잡고 어깨를 펴고 섰다. 티셔츠 소매가 위로 쑥 올라간다.

“좀 작네!”

“예?”

“그거! 형 거 아냐?”

도대체 이 애의 정체가 뭔지 모르겠다.

“요오! 진짜 못 알아보는 거야?”

“예?”

“힌트. 이 사람은 팔다리에 비해서 머리가 기형적으로 작다!”

내가 힐끗 내려다보자 그 애도 고개를 들어 눈을 맞춘다. 저 각도. 심하게 차이가 나지만, 그러니까 얘는 진내인이다. 내 사진을 퍼 간 셀카 중독. 그런데 이 싸가지가 비걸?

"진짜 늦네. 아무리 내가 뽀샵질을 했어도 그렇지, 너무 늦다!"

뒤통수를 맞은 것처럼 얼얼하다.

"아, 그건 그렇고 내가 말야, 좀 급해서 잠깐 실례! 담배를 끊었더니 단 게 자꾸 당긴다니까."

바로 앞에 앉아 있는 아저씨가 고개를 들어 우리를 힐끗힐끗 본다. 진내인은 아무렇지도 않은 듯 가방을 뒤적거린다. 그것도 한쪽 손으로 내 팔을 꽉 붙잡은 채로.

"며칠 전에 아빠한테 걸려서 도장 찍었거든. 건강이야 내가 알아서 챙길 일이지만 가정의 평화를 해친다나 뭐라나. 그러면서 추파춥스 한 통을 사주더라고. 담배 피는 기분으로 빨래!"

세상에, 저런 말을 버스에서 아무렇지도 않게 하다니.

"빙고! 딸기 맛이다! 난 이게 젤 좋더라."

제발 저 입 좀 다물어 줬으면 좋겠다. 아직도 두 정거장이나 남았는데.

"사실은 엄마가 제안을 해왔거든. 영수 개인 과외 끊어도 좋다고."

나는 무슨 말이냐는 듯 얼굴을 돌려 그 애를 힐끗 봤다.

"푸하하! 그런 게 있어. 협상의 미학!"

그 애는 정말이지 큰 소리로 웃었다. 그러고는 입을 오므려 쪽쪽 소리가 나게 막대사탕을 빨아댔다. 사람들의 눈과 귀가 온통 우리를 향해 있는 것 같아 나는 당장이라도 내리고 싶었다.

연습실이 있는 골목으로 들어서면서 그 애는 또 흰소리를 한다.

"좋네! 난 이렇게 황량한 거리가 좋더라. 마음이 푸근해져."

흙바닥에는 동네를 떠돌아다니는 고양이나 개가 뜯어놓은 쓰레기봉투가 나뒹굴고 전봇대에는 덕지덕지 광고지가 붙어 있는 거리가 좋다니. 특이한 취향이다. 하긴 특이한 게 한두 가지가 아닌 것 같지만.

"저기예요. 세탁소 보이죠? 그 건물 지하."

"와, 근사하다!"

세탁소 건물 지하라는 게 그토록 근사한 일인가.

"사실은 나 지금까지 쫄쫄 굶었거든. 우리 슈퍼 가자!"

그 애가 슈퍼에서 아무거나 손에 집히는 대로 과자와 빵, 음료수를 사는 걸 말리지 않았다. 승이 형이 하라는 대로 "연습실에 다 있어요. 그냥 가요!"라고 강력하게 말해야 했지만 이번에는 별로 그러고 싶지 않았다.

일곱 시 이십오 분.

연습실이 오랜만에 만원이다. 보통 대여섯 명 모이는데, 안 나온 오진구와 도형을 빼고도 여덟 명이나 모였다. 그 중 두엇은 소식도 뜸한 멤버들이다. 그 날 오진구에게 맞고 얼굴 보기 힘들던 필섭 형도 보인다.

"왔어요?"

승이 형이 인사를 한다. 다른 멤버들도 일제히 고개를 쳐들고 그 애를 훑어본다. 탐색 안테나가 바쁘게 돌아가는 얼굴들이다. 그래도 일어나서 나오거나 하지는 않는다. 몽구스에서는 연습할 때 방문객 접대 금지다.

"거기 끼여서 해요! 인사는 연습 끝나고 천천히 하고."

승이 형이 허리에 손을 얹고 스트레칭을 하면서 말한다.

"예! 그런데 이거!"

그 애가 축 늘어진 비닐봉투를 치켜든다.

"아, 먹고 하든지. 우리는 됐고."

승이 형 말을 영진 형이 받는다.

"그래요! 몽구랑 나란히 앉아서 먹고, 몽구 옆에서 해요. 그래, 일단 몽구한테 오디션 받는 거지, 뭐."

"크크."

우리를 보고 있던 형들이 숨죽여 웃었다.

"그럴까요, 그럼?"

그 애가 서슴지 않고 보름달 빵 봉지를 뻥 터뜨려 내 입에 갖다댄다. 내가 피해도 막무가내다.

"내가 확실히 쏜다고 했잖아요!"

어! 존댓말이다.

그 애가 내 옆에 자리를 잡고 앉아서 다리를 일자로 찢으며 스트레칭을 한다. 발레 연습이라도 하는 것처럼 양손을 모아

폼을 잡는다. 꽤 유연하고 가벼워 보인다. 비보잉을 하려면 힘이 필요한 게 아니라 유연성과 탄력이 필요하다. 자기 몸을 공중에 띄워 지탱하고 마음대로 포즈를 만들어 내려면 말이다.

나는 몸집에 어울리지 않게 너무도 큰 그 애의 손을 바라보았다.

그 애는 어느새 일어나서 탑락을 밟고 풋워크를 하더니 나이키 프리즈로 마무리를 한다. 90도로 돌려 짚은 손이나 운동화 바닥이 아니라 옆선으로 빠르게 풋워크를 하는 게 기본기는 잡혔다. 봐줄 만하다. 형들도 안 보는 척하면서 다 보고 있다.

"어디서 배웠냐?"

필섭 형이 실실 웃으며 묻는다.

"여기저기서, 히."

세상에, 뭐 저런 대답이 있나.

"그럼, 오디션 본 건가요? 나는 무슨 일이 있어도 몽구스 비걸이 되고 싶거든요!"

그 애는 엉뚱하게 나를 보고 말한다. 나보고 어쩌라는 건지. 그러나 대답할 필요는 없어 보인다. 저 혼자 계속 떠든다.

"아, 이제 웬만큼 풀렸네. 나 토마스[17] 차는 것 좀 가르쳐줄래요? 혼자서 몇 번 해봤는데, 이게 한 바퀴 돌다가 발이 끌려요."

상냥도 하다. 둘이 있을 때하고는 말하는 게 완전 딴판이다.

"그래! 몽구가 토마스 하나는 잘 차지! 그거 빼놓고 할 줄 아는 게 없을걸."

필섭 형의 저 이기죽거림! 아, 무시해버리는 것도 피곤하다.

"빼지 말고 가르쳐 줘라."

어라, 승이 형까지.

"그래!"

"어여!"

옆에서 듣고 있던 멤버 형들이 신나서 거든다.

"그럼 한번 해보세요."

나는 마지못해 그렇게 말했다.

바닥에서 하는 비보잉 토마스는 신체 구조상 여자의 엉덩이로는 구사하기 어려운 동작이다. 그래도 그렇게 말하면 안 된다. 여자애들은 '여자라서 잘 안 된다'는 말에 벌컥 화를 낸다.

그 애는 양손으로 바닥을 짚고 양다리를 브이 자 형태로 뻗어 돌리기 시작했다. 한쪽 다리가 완전히 뒤로 돌아가면 무게 중심이 실린 손을 바꿔 짚으며 균형을 잡는 데까지는 문제가 없어 보인다. 양다리를 곧게 뻗어 크게 회전시키는 것도 괜찮다. 그렇게 한 번 양다리를 모두 돌리는 것 같더니만, 금세 왼쪽 다리가 아래로 떨어지며 바닥에 질질 끌린다.

"어, 왼쪽 다리로 힘껏 차요!"

나는 목소리를 높였다. 그래야 회전력이 생긴다.

사실 그런다고 누구나 되는 건 아니다. 토마스라는 동작은 하나지만 그 동작을 만들어내는 건 서로 다른 비보이의 몸이

다. 어떤 비보이는 다리 힘으로, 어떤 비보이는 오른손을 짚는 타이밍 조절로 회전한다. 꼭 어떤 게 정답이라고 말할 수 없다는 얘기다. 문제는 자기 몸의 원심력을 제대로 타는 방법을 깨달아야 한다는 거다. 몸 전체에 힘을 줘라. 발목을 당겨서 다리를 쭉 펴고 회전해라. 그게 얘기해줄 수 있는 전부다. 그렇게 말해줬더니, 그 애가 호들갑을 떤다.

"우와, 된다! 되네!"

되기는, 왼쪽 다리가 금방 또 떨어지는데.

"그게 한 번에 되는 게 아니에요. 매일 연습을 해서 자기 몸에 맞는 감을 잡아야 해요."

"아, 감!"

"……."

"알았어요! 이제 선생님 제대로 만났으니까 감만 잡죠."

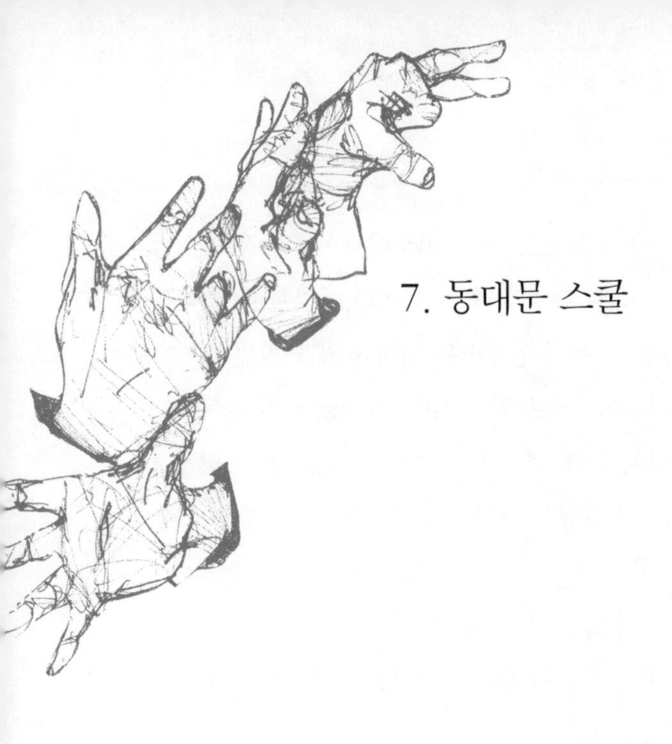

7. 동대문 스쿨

지하철 출입문 유리에 코가 짜부라지게 얼굴을 붙인 도형이 머리를 좌우로 흔든다. 그새 머리 모양을 바꿨다. 숱 많은 머리를 앞머리는 짧게, 뒷머리는 길게 층층이 쳐서 나풀나풀 바람머리를 만들어놨다. 영진 형의 샤기컷 스타일을 흉내냈다.

나는 도형의 뒤에 서서 바지 주머니에 든 아이리버 이어폰을 꺼냈다.

"올드 스쿨은 뉴욕, 몽구스는 동대문! 어떠냐?"

"글쎄."

나는 출입문 위 노선도를 보며 심드렁하게 대답했다. 동대문운동장역까지 다섯 정거장이다.

"자식, 내 춤의 8할은 동대문이걸랑. 게다가 오늘은 토욜! 토요일은 밤이 좋다고, 아비용!"

도형이 요란하게 쿵푸 흉내를 내며 내 코앞에다 대고 머리를 흔든다.

"야, 저리 치워. 머리에서 냄새나!"

"자식! 심정 상하게. 이게 며칠 잠수 타더니 약 먹었나? 완전 싸이코가 다 됐네! 누가 우리 몽구를 이렇게 만든겨? 이 엉아가 침 좀 뱉지! 말만 해, 누구야? 뭔 일이야?"

도형이 어깨를 으쓱거리며 눈을 아래로 내리깐다.

"야, 비켜! 안 비키면 내가 치운다."

내 말에 도형은 전혀 엉뚱한 소리를 한다.

"내 폰 좀 봐라! 뮤직폰 아니겠냐? 비보이 전용 뮤직폰! 크크."

정말 위대한 단순성이다.

우리는 사방이 오징어땅콩 광고로 뒤덮인 동대문운동장역 14번 출구 쪽으로 나간다. A쇼핑몰로 가는 중이다.

동대문엔 동대문만의 질서가 있다. 탁한 공기. 군데군데 야전사령탑처럼 솟아오른 쇼핑몰. 길가에 늘어선 난전. 빽빽한 인파. 버스가 뒤엉킨 인도변 정류장. 경적을 울려대는 오토바이. 그러나 신기하게도 이 너저분한 공간 속에 알 수 없는 무언가가 숨어 있다. 내 머릿속을 화하게 만드는 기포가 쏟아져 나온다. 그러면 근질근질한 무엇인가가 내 몸을 치받고 올라와 팡! 팡! 터진다.

나는 천천히 흐느적흐느적 걷는다. 인파의 흐름을 타고, 아주 천천히 스며든다. 그러면 그놈이 나타난다. 얌전하지 않은, 내 속에 사는 그놈은 자꾸 내 몸을 흔들고, 나를 실실 웃게 만든다.

쥬얼리의 「슈퍼스타」가 흘러나오는 A쇼핑몰 광장.

아직 이른 시간이지만 벌써부터 광장 야외무대 이벤트를 기다리는 애들이 눈에 띈다. 우리는 야외무대 옆 대기실로 간다. 말이 대기실이지, 쇼핑몰 입구 공중전화 부스 앞에 플라스틱 의자 몇 개가 덩그마니 놓여 있는 게 고작이다. 그 곳이 대기실이라는 걸 알려주는 표식은 오로지 '관계자 외 출입금지'라는 팻말 하나다.

"난 여기만 오면 기분이 좋더라. 절대 다운이 안 돼. 업 스피리트야, 여기는. 에고, 살 떨려라. 자, 내 떠는 살들 좀 만져봐!"

"되도 않는 영어, 고생 좀 그만 시켜라! 업 스피리트는 무슨, 제발 때나 좀 밀고 다녀!"

내 구박에도 아랑곳없이 도형은 딴소리를 늘어놓는다.

"뭐야, 영진 형 어디 있어? 멤버 부족하다고 다 끌고 오라고 난리칠 때는 언제고."

대기실과 야외무대 사이, 50미터쯤 이어진 골목을 훑어본다. 화단 가장자리에 무대의상을 입고 옹기종기 모여서 담배를 피우는 여자애들과 낯익은 댄서 형 한둘이 보일 뿐이다.

“대체 어느 골목에 박혀 있는 거야?”

도형은 똥 마려운 강아지처럼 엉거주춤 목을 빼고 두리번거린다. 도형이 말대로 이 동네 골목골목엔 우리가 형 누나라고 부르는, 실은 나이도 이름도 확실히 모르는 수많은 춤꾼들이 넘쳐난다. 대충 형 누나라고 부를 뿐이다. 비보잉 팀 소속이거나 힙합 하우스, 재즈, 팝핑, 연예인 춤을 그대로 따라 하는 방송 댄스팀까지 언더그라운드에서 활동하는 사람들은 다 모인다. 인근의 다른 쇼핑몰들 공연 무대에 몇십 분 간격으로 오르락내리락해야 하기 때문에 다들 기다리는 동안 골목에 진을 치고 있다. 그러니까 동대문 골목만 돌고 돌면 어디서든 다 만나게 된다.

“오겠지! 여기 공연이 다섯 시라며. 아직 멀었네.”

나는 가방을 의자에 던지고 앉았다. 도형도 가방을 던지고 앉는다.

“화장실 가서 갈아입어야 하나?”

혹시 몰라 팀복을 챙겨왔다. 팀복이라야 퓨마 트레이닝복이지만 그래도 몽구스 이름을 걸고 하는 정기 공연인데 싶어서다.

“야, 가만 있어. 영진 형 오고 나서 갈아입든 말든 하자. 이 동네가 워낙 짜깁기가 심해서 팀복 입고 공연할 분위기가 아닐지도 모르는 일이고.”

이럴 때 보면 도형도 가끔은 생각을 하고 사는 것 같다.

“야! 야, 저기 좀 봐봐! 너네 형이랑 영진 형이 같이 떴는데.

이건 또 뭔 시추에이션이냐? 영진 형이 연애를 할 리는 없고, 콩알만한 여자애는 뭐냐? 너네 형 마누라 또 바꿨냐?"

저쪽 골목에서 걸어오는 건 도형이 말대로 영진 형과 오진구 그리고 그 애! 오디션을 보러 왔던 진내인이다. 진내인이 오디션을 보러 온 날 연습실에 안 나왔으니 도형은 그 애를 알아볼 리 없다.

"봐라, 껌처럼 찰싹 달라붙어 있는 폼이 마누라 같지? 호, 이거 봐라."

흥분한 도형이 자리에서 일어난다.

영진 형이 오진구와 진내인을 남겨두고 우리가 있는 대기실 쪽으로 온다.

"어, 왔냐? 몽구도 왔네. 잘 왔다!"

"형! 쟤 누구야?"

도형이 묻는다.

"새끼, 연습실에 좀 와봐라. 몽구스 오디션 본 비걸이다. 알았냐?"

"어, 쟤가? 근데 진구 형이랑 사귀는 거야? 아, 궁금해 미치겠어. 내가 또 인류의 연애사에 지대한 관심이 있잖아. 그 호기심만은 절대, 네버, 못 버린다고."

"그래 그래, 너 잘났다. 진구 새 마누라란다. 됐냐?"

"오호!"

"이도형! 그만 까불고, 내 말 똑바로 들어. 승이랑 민호가 송

내 투나로 배틀 가는 바람에 쪽수가 안 맞거든, 지금. 필섭이는 연락도 안 되고. 그놈이야 지 맘대로 들락거리는 놈이니까 신경도 안 쓰지만. 아무튼 전체 공연은 늘 하던 대로 나가고, 내가 엠씨 볼 테니까 프리스타일 때……."

나는 골목 끝에 서서 다정하게 속삭이는 오진구와 그 애를 훔쳐보고 있었다. 모든 화면이 지워지고 세상에 오직 그 둘만 남아 있는 것처럼 보인다. 오진구가 그 애 이마에 입을 맞췄다. 거짓말처럼, 내 눈에 오진구의 입술과 그 애의 이마가 닿는 게 똑똑히 보인다. 그 싸가지가 왜 자꾸 내 눈에 들어오는지 모르겠다.

"야, 몽! 애가 정신이 없네. 정신 차려!"

"예?"

"정신 차리라고. 넌 토마스 차고 나이키 프리즈 해! 알았냐? 너는 다 좋은데 무대에만 서면 폼 잡더라. 폼 잡지 마! 무대에서는 그냥 미쳐. 무대는 생각하는 데가 아니야, 노는 데지. 폭주! 알았지? 참, 진구도 뛸 거다!"

"예에."

나는 건성으로 대답한다.

말을 끝낸 영진 형은 다시 오진구가 있는 쪽으로 뛰어간다.

"오! 영진 형이 사랑하는 리더를 대신해 리더 빰치는 멘트를 날리네. 완전 리틀 박승이네, 박승! 놀라운걸. 오늘 정말 놀라운걸, 놀라워. 아비용!"

무대에서 다른 행사가 진행되는 동안 공연할 형들이 대기실에 모였다. 모두 여섯이다.

"이제 여러분이 기다리시던 최고의 비보이 팀 몽구스 크루를 소개합니다!"

이벤트를 진행하는 사회자가 외쳤다.

"와!"

누군가의 환호성이 짧게 들렸다 제풀에 묻혀버린다. 솔직히 환호성을 지르기에는 너무 환하다. 약간의 어둠과 어깨를 부딪칠 정도로 북적대는 인파가 필요한데.

아무튼 브레이크 비트가 강한 음악이 깔리고 우리는 우르르 무대 위로 뛰어올라간다. 무대는 별다른 세팅이 없는데다 바닥마저 부실하다. 기울어지고 미끄럽고. 그래도 오 분간의 팀 퍼포먼스는 순조롭다. 형들의 텀블링도 착지 불안을 빼면 높고 화려하다. 쿵! 소리가 나게 떨어진 형들이 혀를 쏙 내민다.

크크, 웃음이 터지고 분위기가 살아난다. 무대에선 저렇게 노는 정신, 즐기는 정신이 필요하다. 누가 뭐래도, 무대를 갖고 놀아야 한다. 아, 제길! 나는 그게 안 된다. 그래서 내 얼굴은 항상 찌그러진다. 즐겨야 한다는 걸 알지만 그렇게 되지가 않기에.

이제 개인기 시간! 영진 형이 마이크를 잡고 손가락으로 허공을 찌르며 디제잉을 한다. 몽구스 멤버들의 비보이 닉네임을 호명하기 시작한다.

"헤이요, 탑락과 텀블링의 귀재, 비보이 러버!"

영진 형의 소개에도 무대 아래는 썰렁하다.

도형의 탑락에 이은 2단 프리즈에도 "오! 예!" 하는 탄성이 잠깐 들렸다 사라질 뿐이다. 도형은 분위기를 탄다. 분위기가 좋으면 난리칠 듯 들썩이지만 지금 같을 땐 머쓱하게 돌아서서 웃고 만다.

"스페셜 타임, 스페셜 무대! 돌아온 비보이!"

영진 형이 오진구의 이름을 부를 때까지 오진구는 무대에 없었다.

"그는 팝퍼[18]가 됐다! 팝퍼 진구의 귀환!"

그러니까 팀 퍼포먼스에는 빠졌다. 오진구는 무대 아래 사람들 틈에서 무대 위로 점프를 하며 나타났다. 그의 출현만으로도 무대 아래가 들썩인다. 아마 오진구의 이름을 아는 아이들도 있을 것이다.

팝퍼 진구! 전혀 예상하지 못한 일이다.

무대에 오른 오진구는 양팔을 벌리고 선다. 강렬한 전자음이 그의 몸을 훑고 지나가기 시작하자 몸을 따라 흐르는 전류를 표현하는 것처럼 파르르 떨더니 고개를 툭 떨어뜨린다.

"으아아악!"

별것 아닌 포즈에도 괴성이 터진다. 무대 위도 무대 아래도 오진구에게 집중한다.

연속적으로 쏟아지는 현란한 음악을 따라 오진구의 몸이 허

물어졌다 돌아오고 다시 허물어진다. 아! 온몸을 잠갔다 푸는 락킹이다. 락킹의 교본을 그대로 옮겨놓은 것 같다. 내 다리가 휘청, 힘이 빠진다. 고작 160의 키에 볼품없는 오진구지만, 무대 위에서 비트를 타고 움직이기 시작하는 순간 오진구는 달라진다. 무대의 주인이 되는 것이다. 락킹이 끝나자 비트와 함께 관절이 퉁퉁 튕겨 오르는 본격적인 팝핑이 시작된다. 관절만 살아 있는 오진구의 몸! 가슴 전체가 업 바운스되면서 퉁! 하고 달려 올라간다. 허공에 매달린 것처럼. 퉁! 퉁! 퉁! 오진구의 가슴은 비트에 제물로 바쳐진다. 쉼 없이 몰아치는 비트를 하나도 놓치지 않는다. 아! 이런, 제길! 내 입에서 한숨이 절로 나온다.

"오 예! 예, 예에, 와아!"

오진구의 몸짓 하나하나에 자지러질 듯 탄성이 쏟아진다.

잠깐의 침묵.

오진구는 아마도 기다리고 있을 것이다. 무대 아래가 완전히 달아오를 때까지. 침묵 속에서 꼴깍꼴깍 침을 삼키며 자신을 향해 온 정신을 빼앗기고 있는 괴성의 주인공들과 은밀히 놀고 있는 것이다.

그 침묵의 끝을 오진구는 부드러운 웨이브로 몰아간다. 세상에서 가장 달콤한 웨이브. 부드럽게 재잘대는 비트를 누르며 머리에서 가슴, 골반, 다리로 이어지는 오진구의 웨이브. 이어졌다 끊어지고 다시 이어지는 몸의 웨이브. 손목 바깥 방향부터 물결쳐 이어지는, 손가락에서 팔목을 타고 어깨를 지나 다시 어깨를 타고 출렁대다 반대편으로 넘어가는 팔의 웨이브. 비트를 음미하듯 잘게 더 잘게 쪼개서, 시간의 속도마저 가지고 노는 황홀한 문 워크까지. 오진구는 새처럼 우아하게 허공을 걸으며 유혹한다. 내 눈에도 그게 보인다.

"꺅!"

귀를 찢을 듯 터지는 저 매혹적인 괴성! 누구도 오진구의 유혹으로부터 자유로울 수 없다. 오진구는 슬슬 마무리를 한다. 탕! 탕! 탕! 비트를 타고 온몸의 관절을 퉁기며 코드가 뽑힌 것처럼 바닥에 풀썩, 사그라든다.

"꺄아아악!"

일 초 이 초 삼 초…….

아, 내 심장이 벌떡벌떡 뛰는 소리가 내 귀에 생생히 들려온다. 아아아아! 그 때 바닥에 쓰러진 오진구의 몸이 차르르 뒤로 말리며 일어난다. 터질 듯 뛰어대는 내 심장을 향해 달콤하게 윙크하듯 천천히 살아난다. 젠장! 너무 완벽하다.

"와……."

저 다물어지지 않는 입들!

"다음은 우리 팀 막내, 비보이 몽!"

영진 형이 나를 부른다.

아직 환호성이 그치지도 않았는데, 저 많은 입들이 오로지 오진구를 향해 벌어져 있는데, 나 또한 넋을 잃고 오진구의 춤에 빠져 허우적대고 있는데 영진 형이 나를 불러낸다. 내 뒤통수를 후려치듯이. 아! 이건 저주다. 내가 아무리 발버둥을 쳐도 쫓아갈 수 없는 오진구의 춤! 왜 하필 내가 오진구 다음인가. 내 춤이 얼마나 형편없고 초라한지, 꼭 지금 오진구에게 보여줘야 한단 말인가!

나는 무대 중앙으로 나가기도 전에 찌그러진 마음을 추스를 수가 없다. 게다가 오진구가 나를 보고 씩 웃는다.

최악의 세팅! 최악의 무대! 최악의 순간!

그러니까 모든 것이 한마디로 최악의 종합선물세트였다.

8. 그만 좀 하라고!

부스스한 얼굴로 현관문을 연 엄마가 나와 오진구를 번갈아 바라본다. 금세 눈이 휘둥그레진다. 앞으로 튀어나와 나를 밀쳐낸다.

"이게 무슨 일이야?"

엄마는 겁에 질린 얼굴로 오진구를 끌어안는다.

"힝, 엄마야!"

오진구는 칭칭 감기고.

"그래, 그래! 우리 아들!"

엄마는 오진구의 볼을 비벼댄다.

"힝, 엄마야, 나 슬프다."

"왜? 왜?"

"힝, 마마!"

기대를 저버리지 않는 오진구의 어리광.

완전 코미디다. 엄마는 벌벌 떨고 오진구는 엉겨붙고. 집에 들어가서 하든지. 오밤중에 현관문 활짝 열어놓고 저러고 싶을까. 나는 두 사람으로 꽉 찬 현관 입구에서 안으로 들어가지도 못하고 엄마와 오진구의 코미디를 감상해야 했다.

"넌 거기서 뭐 하니? 남의 집에 놀러 왔어? 구경났어?"

세상에, 그 때까지 얌전히 서 있던 나보고 하는 말이다.

"그리고 형이 술을 마시면 말려야지, 보고만 있었어? 왜 넌 만사가 그 모양이냐?"

엄마는 오진구를 끌고 화장실로 가면서 나를 향해 결정적인 한 방을 잊지 않는다. 오진구 한마디에는 어쩔 줄 몰라 벌벌 떨면서도 나한테는 대놓고 구박을 한다.

글쎄요, 왜 나는 만사가 이 모양일까요? 엄마에게 되묻고 싶은 심정이다. 내가 왜 이 오밤중에 오진구를 끌고 집에 와 또 이런 대접을 받아야 하는 건지, 누가 말 좀 해줬으면 좋겠다.

최악의 꼬리는 정말이지 길고 질겼다. 오진구의 화려한 무대가 끝나고 바로 뒤에 내 이름이 불려진 것부터가 잘못이었다. 컨디션이 나빴다고, 바닥에 문제가 있었다고, 누구나 다 하는 실수라고, 그렇게 말할 수는 없다. 그건 그냥 없는 내 실력이 고스란히 드러난 것뿐이다.

그쯤에서 끝냈어야 했는데 나는 스스로 무덤을 팠다. 뭘 바라고 그랬는지, 그 후에도 바로 사라지지 못하고 형들이랑 같

이 저녁을 먹으며,

"괜찮아! 괜찮아! 다 그래! 다음에 잘하면 되지!"

하는 속 보이는 위로를 넙죽넙죽 받아먹었다.

"원래 파워 무브는 며칠만 연습 안 하면 안 나와. 너 요즘 농땡이 까잖아? 이게 다 계시다, 계시! 연습신이 너 부르실 때 곱게 말 들어. 내일부터 개연습! 알았냐?"

영진 형의 말에 나는 제대로 감동받고 있었다. 내일부터 진짜 연습이다. 학원 끝나면 연습실로 튀자! 그럼 일곱 시는 못 지켜도 여덟 시까지는 갈 수 있겠지. 그 때부터 열두 시까지 연습. 하하하, 솔직히 나는 몸을 아끼는 편이다. 자고로 진짜 연습, 개연습이라고 하면 몸이 부서져라 연습해야 하는데 말이다. 그런, 평소의 나답지 않은 순진무구한 생각을 하면서 마지막 남은 삼겹살 한 점을, 새까맣게 타서 나무껍질 같은 한 점을 정성스레 씹었다. 내 속의 그놈이 불끈 성질을 부리는 걸 달래며 정성을 다해 다 타버린 고기를 꼭꼭 씹었다.

그런데 마지막 반전이 나를 기다리고 있었다. 주인공은 역시 오진구.

어디선가 술에 잔뜩 취해 나타난 오진구는, 비틀비틀 나를 향해 걸어왔다. 형들을 밀치면서 엎어질 듯 엎어질 듯 하면서도 기어코 왔다. 제일 끝, 구석 자리에 앉아 있던 나는 어쩔 수 없이 오진구를 주시했다. 핏기라곤 전혀 없는 노랗게 뜬 오진구의 얼굴. 대체 왜 저러나, 그런 맘으로. 어느 순간 오진구와 내 눈이 마주쳤다. 그 때 오진구가 양팔을 벌리며 씩 웃었다. 한 번, 두 번, 세 번. 젠장! 오진구는 계속 웃었다. 그냥 웃었을 뿐인데 별안간 내 속이 뒤틀렸다. 뒤틀렸을 뿐 아니라 나는 오진구를 향해 줄 끊어진 연처럼 마구 덤벼들었다.

"왜 웃고 지랄이야!"

나는 그렇게 말했다.

그러나 오진구보다 더 놀란 건 내 옆에 앉아 있던 도형이었다.

"이놈아가 아까 실수를 하더니 살짝 맛이 갔나봐요. 신경 쓰지 마요!"

도형이 내 목을 팔에 끼고 조르는 시늉을 했다. 나는 도형의 품속에서 버둥버둥, 튀어나가려고 기를 썼다. 처음에는 그저 시늉만 하던 도형이 제대로 힘을 써서 나를 제압했다. 어느새 우리는 레슬링 자세가 됐고 나의 비분강개도 잠잠해졌다. 최소한 그 때라도 일어나서 나왔어야 했다. 그런데 나는 그대로 그 자리에 뭉개고 앉아서, 오진구가 떠듬떠듬 제멋대로 내뱉는 소리를 고스란히 들었다.

오진구의 얘기는 횡설수설 그 자체였다. 간추리자면 이런 거였다.

나는 춤만 추고 싶다. 내 춤, 내 스타일을 찾고 싶다. 그런데 그게 뭔지 알 것 같다가도 금방 또 모르겠다. 그놈의 대학 안 가면 안 되냐? 고등학교 중퇴면 안 되냐? 고등학교 자퇴한 서

태지도 문화 대통령 소리 들으며 사는데, 왜 꼭 대학에 가야만 하냐? 나는 정말 학교 가기 싫다. 전기과 납땜질도 머리 아프고 죽겠다.

뭐 그렇고 그런 고정 레파토리. 대답이 필요해서 묻는 게 아니라 그냥 징징대는 투정, 심통, 어리광이었다.

이 세상에 학교 가기 좋아서 다니는 사람 아무도 없다. 그래도 가는 건, 대한민국 땅에서 고교 중퇴로 살아갈 뾰족한 방법이 없기 때문이다. 물론 몇몇의 천재들이야 다르겠지만, 그게 어디 우리 같은 평범한 인생이 흉내낸다고 다 먹히는 일인가. 아무튼 그런 어리광은 하는 사람은 몰라도 듣는 사람은 몹시 지겨운 법이다. 나처럼 말짱한 정신으로 듣기에는 더더욱.

"영진아! 나는 진짜 잘난 놈이 될 거야! 진짜 잘난 놈! 세상에서 제일 잘난 비보이!"

"알았어. 알았으니까, 술 좀 그만 먹어라. 너 이미 잘난 놈이다. 그래 가지고 연습이 되냐?"

잘난 놈! 오진구가 여기서 더 잘나갔다가는 아예 구름 위에 올라가 앉을 거다. 상상만 해도 정말 끔찍하다. 오진구의 저 거들먹거림.

"제발 승이랑 화해해라, 엉? 승이 입장도 생각해 봐!"

"웃기시네. 우리가 언제 싸웠냐? 그리고 나야 늘 박승이 존경하지. 엄청나게 존경하지, 흐흐. 새벽에 연습하고 신문 돌리러 가는 놈. 호프집에, 전단지에, 편의점에…… 알바의 지존!

그놈 존경하지. 근데 시뻘건 눈으로 성인오락실에 쭈그리고 앉아서 돈 세는 건 도저히 못 보겠어. 추해. 보기 싫어. 보기 싫어 미치겠어."

"무슨 말이야! 승이 거기 그만뒀어! 괜히 쓸데없는 소리 하지 말고 집에 가기나 해!"

"그래? 그럼 내가 어제 귀신을 봤나 보지? 으하하하!"

웃겨서 정말! 갈수록 횡설수설이다. 추한 건 너다. 감히 누구보고 추하대. 나는 그렇게 생각하며 영진 형과 오진구의 실랑이를 지켜봤다.

아무튼, 그리하여 나는 혀 꼬부라진 오진구를 질질 끌고 집으로 와야 했다. 택시 안에서도 어찌나 허우적거리던지 가관이었다. 앞에 버스가 나타날 때마다 쌩 하고 버스 뒤꽁무니를 추월해대는 택시 때문에 울렁증이 생길 지경인데, 그 때마다 오진구는 옆에서,

"꺅, 폭주다, 폭주! 달려라, 달려!"

하면서 난리법석을 떨었다. 제정신인 나는 물론 오진구를 말렸다. 입을 틀어막고, 옆구리를 찌르고, 팔을 꼬집고, 귀를 잡아당겼다. 그런데도 오진구는 계속 소리를 질렀다. 미친 오진구! 오진구는 미쳤다.

나는 스프링이 꺼진 내 방 침대에 누워 잠을 청한다.

오진구는 아직도 화장실 변기를 붙잡고 토하는 중이다. 끊

임없이 "우웩!" 소리가 들려온다.

"아이고, 이를 어째!"

엄마의 애타는 목소리. 등이라도 두들기고 있을 테지. 오진구에 대한 엄마의 집착을 누가 말릴 수 있을까! 오진구가 사고를 치면 칠수록 더 집요해지는 광기.

예전에도 오진구가 어떤 애를 막 물어뜯어서 흥분한 그 애 엄마 입에서,

"당신 아들 제정신이 아니니까 병원에나 데려가 봐!"

라는 말이 나왔을 때 엄마는 눈이 확 뒤집혔었다.

"상관 말고 꺼져!"

누가 감히 엄마에게 덤비겠는가. 상황은 그렇게 종료되곤 했다.

그러던 어느 날 엄마가 나더러,

"이제부터 너는 학교 끝나면 형 옆에 딱 붙어! 형이 싸우면 말려!"

그랬다. 말은 쉬워 보였다. 나는 오진구보다 훨씬 키가 커서 모르는 사람이 보면 내가 형이라고 생각하기 십상이었다. 그러나 나는 오진구와 엮이고 싶은 마음이 추호도 없었다. 차라리 그 때 딱 잘라서 싫다고 했어야 했다. 그런데 나는, 너무도 착했던 나는 오진구 옆에 붙어 있었다. 그래도 싸움은 말릴 수 없었다. 아니, 말리고 싶지도 않았다. 내가 왜 오진구의 싸움에 휘말려야 하나.

나는 그래서 오진구가 공원에서 춤을 춘다는 걸 알게 된 것이다. 지금 생각하면 춤이지만 그 때는 춤이 아니라 서커스 같았다. 그것도 되도 않는 서커스. 오진구는 『힙합』이라는 만화를 보며 이렇게 저렇게 몸을 움직였다. 『힙합』에 무브에 관한 설명이 자세하게 나와 있긴 하지만 그걸 보고 따라 하는 건 무리였다. 게다가 오진구처럼 머리가 나쁜 경우라면 더더욱 힘들다. 나는 지금도 오진구가 6단 이상의 구구단을 제대로 외울 수 있으리라고 생각하지 않는다. 쳇! 아무튼 오진구의 그것은 춤이라기보다 서커스, 아니 체조? 여하튼 뭐라 설명할 수 없는 이상한 동작이었다. 오진구는 몸을 비틀고, 다리로 차고, 뒹굴고, 물구나무를 섰다. 그것도 공원에서.

당연히 구경하는 애들이 생겼다. 그런데 오진구는 누군가 크크거리기만 해도 발끈했다. 그렇게 웃긴 자세를 보고 웃지 않을 사람이 어디 있겠나!

"왜들 그래? 내가 웃겨? 웃겨?"

오진구는 그렇게 말했다.

만약에 그 아이가 땅콩만한 오진구를 만만하게 보고,

"그래, 웃긴다!"

하는 식으로 덤비면 사고가 터졌다. 어찌나 잽싸게 덮치는지 순식간에 난장판이 벌어졌다.

"도대체 넌 뭘 하고 있었냐? 멀뚱멀뚱 구경만 하고 있었냐?"

엄마는 늘 오진구가 아니라 나를 야단쳤다. 사고친 건 오진군데 왜 나한테 뭐라고 하는지. 게다가 난 억울하게 야단을 맞으면서도 왜 가만히 있었던 건지.

"야, 너 이리 나와 봐!"

난데없는 목소리에 벌떡 일어났다. 열린 방문 틈으로 눈이 부시게 쏟아지는 불빛. 그리고 그 속에 개선장군처럼 우뚝 서 있는 커다란 덩치. 엄마는 허리에 손까지 척 얹고 있었다.

"안 자면서 불러도 대답도 안 해?"

나는 부신 눈을 끔벅거리며 일어나 마루로 나갔다. 누워 있을 땐 몰랐는데 몸이 바닥을 뚫고 꺼질 것처럼 무겁다.

"내가 참고, 또 참고, 또 참아보려고 했는데, 이제는 안 되겠다."

나는 말문이 막혔다. 대체 엄마가 나에 대해서 뭘 그리 많이 참았단 말인가. 난 누가 봐도 착한 아들이었다. 단 한 번도 이렇다 할 말썽을 부린 적이 없다. 오진구가 애들을 물어뜯고 꼴찌를 도맡아 할 때, 나는 '착한어린이상'을 받고 경시대회에서도 상을 받았다. 대체 뭐가 문젠가? 오진구가 십만 원이 넘는 나이키 운동화나 옷을 사달라고 손을 벌릴 때도 나는 가만히 있었다. 나는 시장바닥에서 파는 운동화를 신고 메이커 없는 옷을 입었다. 엄마가 나에 대해 참아준 건 아무것도 없다. 나야말로 엄마의 편애를 참아줬고 꿋꿋하게 내 할 일을 했다. 그런데…….

"너 그 짓 계속 할 거냐?"

그 짓이라니, 왜 오진구한테는 '춤'이고 나한테는 '그 짓'인가? 아, 좋다. 마마는 오진구의 마마니까. 원래 그랬으니까. 그래도 오늘만은 그냥 자고 싶다. 정말이다.

너무 피곤해서 자고 싶어요! 내일 얘기하면 안 될까요? 오늘만이라도 절 좀 봐주세요. 나는 그렇게 말하고 싶었다. 아주 공손하게. 아주 불쌍하게. 그래서 단번에 동의를 구할 수 있도록.

그런데 내 입에서 엉뚱한 말이 나왔다.

"예."

뭐, 막상 그렇게 말하고 나니 홀가분하다.

"뭐야?"

엄마의 목소리가 잠든 오진구와 아빠를 깨울 만큼 커지더니 엄마는 양손을 이용해 버둥거리며 나를 때린다.

"그 짓! 엄마가 그 짓이라고 한 거, 계속 할 거라고요. 왜요!"

"뭐야? 이제는 눈알을 부라리고 넙죽넙죽 말대답을 해!"

아아아아, 대체 나보고 어쩌란 말인가. 정말 피곤해 죽겠다.

"제발 그만 좀 하세요. 내가 뭘 어쨌다고 그래요? 엄마가 그 짓 계속 할 거냐고 물어서 계속 할 거라고 대답했잖아요! 피곤해 죽겠다고요."

나는 엄마 손목을 잡고 말했다.

"그만 좀 하라고요! 피곤해 죽겠다고요!"

나한테 손목을 잡힌 엄마는 부들부들 떨고 있다. 그렇지만 나는 정말 피곤하다.

"이놈이, 이거 못 놔! 이거 놔! 엄마가 그 동안 어떻게 살았는데. 니가 이제 와서 엄마를 배신해? 내 뒤통수를 쳐?"

대체 뭐가 배신인가! 내가 춤을 추면 배신이고 오진구가 춤을 추면 기특한가!

"아, 진짜!"

나는 잡고 있던 엄마 손목을 뿌리쳤다.

"이놈이 미쳤어, 완전히 미쳤어……."

엄마는 퍼렇게 질린 얼굴이다.

"그래요, 나 미쳤으니까 상관 마요."

"뭐, 뭐라고?"

"상관 마시라고요. 오진구나 상관하시고 오몽구는 그냥 두시라고요! 엄마가 언제 제 걱정한 적 있어요?"

"허, 기가 막혀서. 뭐가 어쩌고 어째?"

"다시 말할게요. 이제부터 오몽구 좀 그냥 놔두라고요! 엄마 아들 오진구나 신경 쓰시라고요. 원래부터 그랬던 것처럼 오몽구는 신경 끄고 잘나가는 오진구한테나 신경 쓰시라고요. 언제부터 엄마가 제 일에 이렇게 신경을 썼는데요? 엄마한텐 내가 아들이기나 해요? 젠장!"

엄마는 입을 쩍 벌리고 나를 바라볼 뿐 말을 잇지 못한다.

그러니까 그만 하라고 할 때 그만 했으면 좋았을 거 아닌가. 나는 넋을 잃고 서 있는 엄마를 두고 휑하니 내 방으로 들어왔다. 일부러 그런 건 아닌데 방문이 큰 소리를 내며 쾅! 하고 닫혔다.

9. 나는 망할 것이다

나는 슬리퍼를 끌고 밖으로 나왔다. 딱히 갈 데는 없었지만 집에 있기는 정말이지 싫었다.

아파트 입구에서 누군가 내게 말을 걸었다.

"오몽구!"

느끼한 웃음을 질질 흘리며 나를 쳐다보는 애. 짜리몽땅 체구에 여드름이 빈틈없이 진을 친 얼굴인데 이마 정중앙에 왕여드름 하나가 왕창 곪아 주먹만하게 부어올랐다. 여하튼 모르는 얼굴이다.

"너네 형 집에 있냐?"

오진구를 찾는다. 오진구는 집에서 퍼 자고 있다. 새벽까지 화장실을 들락거리며 오바이트를 하더니 아침에 부스스 일어나 엄마가 차려놓은 밥을 먹고 내리 자는 중이다. 일요일 오후에 오진구가 집에 있다니! 보통 오진구는 토요일 밤부터 일요일 새벽까지 연습을 하고, 일요일엔 어떤 배틀이건 배틀에 나간다.

"왜?"

나는 그렇게 물었다.

"어, 필섭이라고 알지? 필섭이가 너네 형한테 할 말이 있대서."

"집에서 자는데. 할 말 있으면 집으로 오라고 해!"

"그래? 어쩐지 전화를 안 받더라니."

여드름은 느끼하게 웃는다. 그리고 나를 향해 말한다.

"너도 알겠지만 필섭이가 너네 형한테 안 좋은 추억이 있나 봐. 그래서 오늘, 지금 꼭 너네 형을 봐야겠다고 하거든."

"그래서?"

나는 여드름이 뭔가 내게 수작을 걸고 있다는 걸 눈치챘다.

"어, 그래서 하는 말인데, 너네 형 좀 불러 줄래? 저기 아파트 뒷산 개구멍 놀이터로 말야. 개구멍 놀이터 알지?"

개구멍 놀이터야 모를 리 없다. 아파트 뒷산 너머에 여고가 있는데, 동네 애들이 그런 건지 여고 애들이 그런 건지 항상 개구멍이 뚫려 있는 곳이 있다. 그 개구멍 위에 운동기구 몇 개가 있는 공터를 개구멍 놀이터라고 부른다.

"직접 가서 말해. 나도 바쁘거든."

"왜 이러실까? 사람 말은 끝까지 들어야지, 안 그래?"

은근슬쩍 내 팔을 잡는다.

"내 말은, 필섭이가 보자고 하면 너네 형이 안 나올지도 모르니까, 니가 살짝 말을 돌려서 전해주면 어떠냐는 거지. 뭐, 가령 다른 사람이, 일테면 박승이 보자고 한다거나. 흐흐."

그러니까 이 여드름은 나한테 오진구를 속여서 뒷산 놀이터로 내보내달라고 하는 거다.

"미쳤냐? 내가 왜?"

"글쎄, 나야 모르지. 필섭이가 너한테 그렇게 전하라고 해서 나는 그냥 그대로 전하는 거고. 흐흐흐. 그럼 나는 다 전했으니까 갈게. 그럼 부탁해!"

엉덩이와 허벅지를 실룩대며 여드름이 팔자걸음으로 걸어간다. 가끔 뒤돌아서 나를 향해 예의 그 느끼한 미소를 날리면서.

정필섭으로 말하자면 초등학교 때부터 동네를 주름잡았던 '짱'이었다. 비보이계에 입문하지 않았으면 일진[19]으로 잘나갔을 거라고 자기 입으로 말하고 다니니까. 솔직히 승이 형이 필섭 형을 왜 몽구스에 받아들였는지 모를 일이다. 오로지 가오[20] 때문에 비보이 한다고 설치는 걸 누구나 다 아는데. 그런 필섭 형이 저런 애까지 보내서 오진구를 찾다니 뭔가 심상찮은 일이 벌어질 게 뻔하다.

그런데 내가 어떻게 했냐 하면……. 여드름이 시야에서 완전히 사라지기를 기다렸다가 쿵쿵 심장이 뛰는 것을 지그시 누르고 재빨리 집으로 들어갔다. 오진구가 자는 방문을 열었다 닫았다 했다. 오진구도 한번 혼 좀 나야 해. 그럼, 그렇고말고. 나는 결심을 하고 오진구를 깨웠다. 오진구가 신음소리를 내며 엎치락뒤치락하는데도 계속 깨웠다.

"일어나, 빨리 일어나! 승이 형이 너한테 꼭 할 말이 있대. 개구멍 놀이터로 나오래!"

"뭐?"

"빨리 나가 봐! 아주 중요한 일이래!"

"집으로 오라고 해, 집으로……."

"다른 사람도 있나 봐. 아무튼 집에 못 오니까, 나오래! 꼭 나오래!"

하면서 재촉을 했다.

오진구가 일어날 기미를 보이지 않자 마음이 급해졌다. 무슨 일이 있어도 오진구를 꼭 내보내야 할 것 같았다.

"내 말 안 들려? 일어나!"

빽 소리를 질렀다.

"새끼! 집으로 오지, 불러내고 지랄이야!"

오진구는 마지못해 입은 옷 그대로 눈곱도 떼지 않고 슬리퍼를 찍찍 끌며 나갔다.

오진구가 집에서 나간 후 나는 안절부절못하고 베란다에 붙어 서서 뒷산을 바라봤다. 거기서 개구멍 놀이터가 보일 리 없었다. 나는 후닥닥 뛰쳐나가 개구멍 놀이터로 가는 등산로를 따라 뛰어올라갔다.

저만치 오진구와 정필섭 그리고 여드름, 또다른 낯선 얼굴도 하나 보인다. 나는 얼른 나무둥치 뒤로 몸을 숨겼다.

"이제야 말이 통하네. 그래, 오진구! 그 이름도 기똥찬 비보이 나인! 그런데 난 너만 보면 짜증이 쏠려서 오줌발이 녹아요, 녹아!"

필섭 형이 카악 소리를 내며 모래밭에 침을 뱉고 운동화로 싹싹 문지른다.

팔짱을 끼고 서 있는 오진구의 뒷모습. 오진구 지금 표정은 어떨까? 오진구도 당해봐야 해. 암, 그렇고말고. 나는 그렇게 생각했다.

"제법인데, 인상도 쓰시고. 근데 이걸 어째? 얼굴이 완전 찌그러진 깡통이네."

여드름이 오진구의 어깨를 툭툭 쳤다.

"냅둬라. 세상에서 지가 제일 잘난 줄 아는 놈이니까. 안 그래? 오진구!"

필섭 형이다.

"그래, 너 같은 양아치보다야 내가 훨배 잘났지!"

오진구의 대답.

아아아아, 내 가슴이 미친 듯이 뛰었다.

"오진구랑 나 정필섭은 역사가 길고도 길다. 유치원부터 내리 같이 다녔거든. 근데 이 새끼, 초등학교 때까지는 완전 내 밥이었지. 완전 돌대가리, 찐상이었거든. 돌이면 돌답게 얌전히 구석에 박혀 있어야 하는데, 누가 건드리면 부르르 덤비는 거야! 나한테 덤비길래 한번 아작을 내줬더니 그담부턴 깨갱! 꼬리를 내리더라고. 으하하하. 그 때가 좋았지. 그런데 세상이 완전히 뒤집어진 거지. 오진구가 춤이란 걸 추면서, 비보이라고 거들먹거리면서 완전히 뒤집어진 거지. 몽구스니 뭐니 비보이 팀 만든다고 깝치길래 좀 끼워달라고 했더니, 너 같은 양아치는 안 돼! 이랬거든. 아, 상상도 할 수 없는 일이었지. 비보이가 뭐길래! 크하하하."

"슬프다, 슬퍼! 최고의 슬픔이다! 그래도 어쩌겠냐? 비보이만 된다면 네가 참아야지."

여드름이 맞장구를 친다.

"그래, 그래서 내가 참았지. 꾹 참았지. 그리고 존나 빌어서 그 꼴난 몽구스에 들어갔지. 그래도 전기과 박승이는 오진구보다는 나은 놈이거든. 참, 아차차, 내가 깜빡했네! 승이는 좀 있다 온다더라. 알았냐? 니 동생이 승이가 부른다고 해서 나온 거 아냐? 그런데 니 동생 말야, 옛날이나 지금이나 한결같단 말야. 한결같이 지 형을 남의 손에 넘겨주잖아. 안 그래?"

필섭 형의 그 말을 듣는 순간, 나는 숨이 멎는 줄 알았다.

"내 동생까지 니가 걱정할 필요는 없고, 용건이나 말해. 나 지금 너랑 상대할 기운이 없다."

오진구는 정말 기운 없는 목소리로 말했다. 밤새도록 토했으니 기운이 있을 리가 없다.

"오, 나 같은 양아치랑은 상대 안 하겠다. 엉? 그래? 웃겨서! 네가 바로 제대로 양아치거든? 오가는 사람들 붙잡고 물어봐라, 너 오진구가 양아친가 아닌가."

"어쭈구리, 눈에 힘 좀 들어갔네. 한번 해보겠다? 좋아, 덤벼! 이 새끼, 미친개처럼 물어뜯는 게 특기라며? 자, 이 형에게 와! 덤벼!"

여드름이 손짓을 한다.

오진구는 왜 가만히 있는 걸까? 답답해 미치겠다.

"그럼, 그럼. 그뿐인가. 부릉부릉 배달 오도방 몰고 폭포공원서 폭주하기. 진구 엑시브 죽이지! 얘네 김밥집 앞에 딱 놓으면 때깔 난다. 그 옆에서 얘네 아부지, 맨날 비둘기 먹이 주시잖냐! 구구구, 구구구."

필섭 형은 우리 아버지까지 들먹이며 깐죽거린다. 저 양아치 새끼가 정말, 우리 아버지가 뭘 어쨌다고 지랄이야! 나는 부르르 몸이 떨렸지만 여전히 나무 뒤에 숨은 채 고개만 삐죽 내밀고 있었다.

"그래서? 니가 날 여기까지 부른 이유가 뭔데? 내 엑시브가 너한테 뭐 달라고 하든? 아니면 너도 비둘기랑 같이 모이라도 먹겠다고? 알았어, 우리 아버지한테 니 부탁 꼭 전하지! 됐냐? 그리고 그 때나 지금이나 내 대답은 같아. 너란 놈은 죽었다 깨어나도 비보이 못 돼! 몽구스에만 들어오면 비보인 줄 알아? 놀고 있네!"

휴, 오진구가 이제야 오진구답다.

"글쎄요, 과연 그럴까요?"

그 때 필섭 형 뒤에서 웃고 있던 낯선 얼굴이 기다렸다는 듯 오진구 쪽으로 튀어나왔다. 먹잇감을 만난 맹수처럼 날쌘 동작이었다.

"야이, 병신 새끼야! 눈알에 힘만 주지 말고 덤벼! 빌빌대면서 질질 짜던 놈이 이제 와서 날 가지고 놀아? 어디 한번 덤벼! 오늘 끝장을 내줄 테니까!"

필섭 형은 멀찌감치 떨어져 여드름과 낯선 얼굴이 하는 짓을 구경했다. 만면에 웃음을 지은 채.

퍽! 퍽! 오진구의 배와 가슴과 다리, 얼굴을 향해 마구잡이로 주먹과 발길질이 이어졌다. 오진구는 꼼짝도 못하고 맞고 있다.

병신아, 덤벼! 물어뜯어! 왜 맞고만 있는데! 덤비라고, 덤비란 말야, 오진구!

오진구가 배를 움켜쥐고 주저앉았다.

그런데 갑자기 내 배가 아팠다. 정말로 아팠다. 나는 배를 움켜쥐고 뒤돌아 뛰었다. 땅 위로 드러난 나무뿌리에 걸려 넘어질 뻔도 했다. 이런 망할! 도대체 내가 무슨 짓을 한 거지? 나는 죽어라 뛰었다.

10. 믿거나 말거나

오진구는 바닥의 제왕이 되기로 결심한 사람 같았다. 수학 단과를 듣고 여덟 시쯤 연습실에 가면 언제나 오진구가 있다. 다른 형들이 공연 가고 없어도 오진구는 있다. 내가 오든 말든 오진구는 번지르르 땀에 전 얼굴로 장판 위를 뒹군다. 풋워크에 미친 사람처럼 연습 끝날 때까지 그것만 한다. 음악도 자미로콰이의 「스페이스 카우보이」의 무한 반복이다.

나는 안 보는 척 관심 없는 척 힐끗힐끗 오진구의 풋워크를 훔쳐본다. 오진구는 심하게 팔을 휘두르지도 않고 무조건 빠르게 하지도 않는다. 발뒤꿈치가 닿지 않게 발끝으로, 발끝으로 스텝을 밟는다. 아아아, 범생이 같은 무브. 담백하고 반듯한 무브. 무게중심도 거의 엄지손가락에만 싣는다. 그래서 몸이 아주 가벼워 보인다. 오진구가 없다면 나도 한번 그렇게 해볼 텐데. 나는 견딜 수 없는 유혹을 뿌리치며 토마스와 윈드밀[21]만 죽어라 판다.

하지만 더 무서운 일은 오진구가 개구멍 놀이터에서 얻어터지고 집에 와서도 내게 아무것도 묻지 않았다는 것이다. 입술이 터지고 눈가가 시퍼렇게 멍든 얼굴로 잠만 잤다. 저녁 늦게 들어온 엄마가 벌벌 떨며 무슨 일이냐고 물어도 오진구는 히죽히죽 웃기만 했다. 아, 정말 더러운 기분이었다.

게다가 오진구는 개구멍 놀이터 사건 이후 나보다 일찍 학교에 가기 시작했다. 아침 일찍 통 줄인 교복 바지를 입고 납작하게 꺼진 배낭을 멘 채 나이키 에어 97 운동화를 신는 오진구. 그런데 왜 나는 그 얼굴을 볼 때마다 한 대 갈겨주고 싶은 걸까.

어제 아침 나는 결국 참지 못하고 오진구에게 내 속을 들키고 말았다.

"어디, 다른 팀으로 옮겨?"

승이 형이 한 말이 목에 가시처럼 걸려 있었던 것이다.

오진구는 나를 잠시 쳐다보다가 대답했다. 아직 눈가에 멍자국이 남아 있었다.

"글쎄! 니 생각은 어때?"

그러면서 씩 웃었다.

"그야 니 맘이지!"

나는 그렇게 대답하며 입술을 깨물었다.

내가 Y정보고로 향한 건 순전히 학원 버스를 놓쳤기 때문이다. 믿거나 말거나.

먼지가 풀풀 날리는 Y정보고 운동장. 이 학교는 강당만 쥐똥만한 게 아니라 운동장도 쥐똥만하다. 미니게임이라면 몰라도 축구 한 판 뛰기도 힘들어 보인다. 그래도 호호거리며 몰려다니는 여자애들 사이로 코스프레[22] 동아리 애들이 설레발을 치며 돌아다닌다. 설정인지 전부 여자 캐릭터다. 만두바지를 입은 란마의 샴푸부터 바닥 청소하는 긴치마에 가발 뒤집어쓴 빨간망토 챠챠, 슬레이어즈의 망토 걸친 리나 인더스까지. 가만, 가발 색깔만 맞춰 쓴 열혈강호 패밀리도 있다. 아무튼 코스프레 애들이 다가올 때마다 여자애들 입에서 꺅꺅대는 비명이 자동으로 터져나온다. 도대체 너 여기 왜 온 거니? 왜 온 거냐고? 그러면서도 나는 도형의 문자대로 '가오잽이들'인가 하는 천막 카페를 찾아 기웃거렸다.

오늘 몽구스 분위기 지대[23]다. 운동장 가오잽이들 게이빠로 와. 콜도 좋고. 크헝! 무대가 쥐똥만해.

카페마다 발악을 하듯 애들이 막춤을 춘다. 손님은 없다. 하긴 누가 모래먼지 날리는 운동장에 앉아 과일꼬치에 음료수 마시고 싶을까. 이벤트라도 확실하면 몰라도. 그래서 운동장에서 카페 하는 애들은 이벤트에 목숨 건다. 인간두더지나 물풍선같이 몸으로 때우는 일만 아니라면 말이다.

찾았다! 가오쟁이들. 여자애처럼 여리여리한 몸매부터 보디빌더 몸매까지 다양하다. 모두 얼굴에 짙은 화장을 하고는 쟁반 들고 오락가락이다. 손님이라고는 전부 여자애들뿐인데 들어가서 앉기도 그렇고……. 전화를 할까? 나는 주머니에 손을 넣어 휴대폰을 만지작거렸다.

"자, 님들이 기다리시던 이벤트 타임, 노예 팔기 시간이 돌아왔습니다! 자, 1번 앞으로."

노예팅! 아직도 이런 걸 하는 애들이 있다니, 촌스럽기는. 나는 우르르 몰려드는 여자애들을 피해 뒤로 물러섰다. 구경하고 싶은 마음도 없다.

"이 상품으로 말할 것 같으면, 강호동의 등판과 이동국의 장딴지를 장착한 고로 1등급의 머슴 성능을 자랑합니다. 어여쁜 님들의 과도한 학업 스트레스를……."

노예로 나온 녀석이 보디빌더 흉내를 내더니 갑자기 눈을 뒤집어 깐다. 바로 느끼한 쌍꺼풀이 생긴다. 꺅꺅대는 여자애들. 싫다는 건지 좋다는 건지 막무가내로 호들갑을 떤다.

마침 도형과 몽구스 일행이 왔다. 세트 메뉴처럼 혜미 누나도 보인다. 저만치 일행과 떨어져서 오는 오진구와 진내인, 승이 형이 눈에 들어온다. 오진구와 승이 형은 뭐라고 얘기를 주고받는다. 도형이 말대로 분위기 좋아 보인다. 그런데 아주 잠깐 그 애가 눈에 들어왔다 사라졌을 뿐인데 머리끝부터 발끝까지 다 보인다. 그 애는 처음 봤을 때 차림 그대로다. 오늘은 몬자 파랭이가 아니라 슈퍼스타 올스카치다. 그게 한눈에 다 보인다.

"어머, 토마스 샘 왔어요!"

진내인이 뛰어와 내 팔을 잡는다.

"몽돌이가 언제부터 니 선생이냐?"

오진구가 뜨악하게 묻는다.

"몽돌이! 몽구 별명이 몽돌이야, 형? 우하하하, 딱이네. 순진무구한 몽돌 군!"

나쁜 계집애. 내 팔을 놓지도 않고 오진구랑 낄낄거리다니. 빨리 여기를 뜨자! 여기 온 내가 바보다. 그렇게 마음먹는데 혜미 누나가 또 사고를 친다.

"여기 춤추는 노예들 있어요!"

혜미 누나 말에 "우와아아!" 함성이 터지고 여기저기서 휘파람이 날아온다.

혜미 누나는 영진 형을 비롯해 우리 팀 멤버 형들을 죄다 불러낸다. 혜미 누나에게 잡힌 손목을 뿌리치지 못하고 나도 끌려나간다. 오진구와 도형은 안 건드린다. 기가 막혀서.

혜미 누나는 아예 사회 보던 애를 밀쳐내고 직접 나선다.

"여기 나온 노예들을 산다면 그건 여러분의 행운이에요, 크크!"

우리가 얼마나 창피할지에는 아무 관심도 없어 보인다. 아닌가? 힐끗 형들을 보니 다들 싱글싱글 웃는 게 싫지 않은 눈치다. 앞에 서 있는 도형까지 혓바닥을 내밀고 펄쩍펄쩍 뛰어다닌다. 뭐가 저렇게 신날까. 우리에게 손가락질을 해대며 끝없이 떠들어대는 여자애들까지. 모두 재밌어 죽겠다는 얼굴이다. 그래서 더 나는 찌그러지는 기분을 감당하기 어렵다. 특히 오진구와 오진구 옆에서 나를 쳐다보고 있을 진내인, 그 애가 걸린다. 차마 그쪽으로 시선을 돌릴 수도 없다. 아, 제발 빨리 끝나라! 그렇게 빌고 빌며 고개를 숙이고 뿌옇게 먼지가 앉은 내 운동화만 내려다본다. 그나마 다행인 것은 흙바닥이라 춤추라고 고문하지 않는 거다. 아마 여기가 교실만 됐어도 혜미 누나는 우리 모두에게 춤추라고 했을 거다.

"어머머, 얘가 최곤데 왜 몰라들 보실까?"

내 앞에서 알짱거리던 혜미 누나가 내 손을 잡았을 때 나는 거의 기절할 뻔했다.

"얘가, 바닥 상황만 이렇게 나쁘지 않음 당장 여기서 꽂았을 텐데. 진짜 춤 잘 추거든요."

혜미 누나가 그렇게 말할수록 반응은 썰렁하다.

"진짜? 보여줘! 보여줘!"

몇몇 여자애들의 야유에 가까운 반응.

"맞다니까. 몽돌이가 최고라니까!"

오진구다.

그렇지만 나는 떨어뜨린 고개를 들 수가 없다.

"정말 더 없어요? 솔직히 오천 원엔 절대 못 파는데……. 어쩌나?"

나는 쥐구멍이라도 있으면 기어들어가고 싶은 심정이다. 이건 쪽팔리다는 말로는 역부족이다.

"아, 제발 그만 좀 해요, 누나!"

나는 버럭 소리를 질렀다.

"아, 알았어……."

말끝을 흐리는 혜미 누나 목소리 뒤로, 그 애가 큰 소리로 말했다.

"내가 만 원에 살게요!"

11. 행복해도 되나요?

나는 하마터면 싸이 홈피 감정 분류기호 중에 '행복'을 선택할 뻔했다. 아니, 선택은 했다. 바로 '힘듦'으로 바꿨지만. 나는 분명 미쳤다. 그것도 아니면 변태거나.

"나야!"

나는 진내인의 목소리가 휴대폰 바깥으로 흘러나올까 봐 전화기를 들고 계단까지 나갔다. 나는 연습실에 있었고, 그 애는 이십 분 전에 집에 간다며 연습실을 나갔었다.

평소와는 다르게 헐렁한 트레이닝복 차림으로 연습실에 나타난 그 애는, 내내 소파에 앉아 도형과 수다만 떨었다. 나중에는 도형의 머리 스타일에 대해 시시콜콜 간섭을 했다. 왁스로 떡칠하지 말고 손끝에 살짝 묻혀서 머리카락 끝만 집어 올려

주라는 둥, 너 같은 사각형 얼굴엔 레게파마 스타일이 최고라는 둥, 길러서 땋고 다니라는 둥. 그러다 도형이 이제 우리도 연습 좀 하자며 그 애 어깨를 살짝 건드리자 "아야야!" 갑자기 손목을 잡고 소리를 질렀다.

"네 이놈! 지금 나의 가냘픈 손목에 무슨 짓을 하는 것이냐!"

어깨를 쳤는데 웬 손목! 그런데도 도형은 뭐가 그리 좋은지,

"아, 죄송합니다, 공주님!"

하고는 싹싹 빌었다.

키득키득 웃어대던 그 애가 집에 간다며 연습실을 나가자 나는 어딘지 허전하고 뒤숭숭한 기분에 사로잡혔다. 그런데 그 애가 내게 전화를 한 것이다.

"나랑 놀자! 너 내 노예잖아. 주인님이 심심하시다. 집에도 가기 싫고."

그 애 목소리를 듣는 동안 미친 내 가슴이 주책없이 뛰기 시작하더니, 그 애가 있는 공원까지 뛰어가는 동안엔 완전히 브레이크 비트가 됐다. 나는 그 소리가 듣기 싫어 더 빨리 뛰었다.

그 애는 벤치에 앉아 있었다. (지금 생각해봐도 이상한 건 그 때 공원에 아무도 없었던 것처럼 오로지 그 애만 보였다는 사실이다.) 가방을 가슴에 끌어안고 고개를 푹 숙인 채 발장난을 하고 있었다. 귀에는 이어폰을 끼고 있겠지. 오로지 그 애를 위해 준비된 배틀 서클의 무대처럼 공원 가로등이 그 애를 비

추고 있었다.

나는 자꾸 비집고 들어오는 야릇한 감정을 밀어내느라 기를 썼다. 헉헉 숨을 몰아쉬면서. 그래도 어쩐지 소리쳐 부를 수가 없었다. 차라리 그냥 가 버릴까. 아주 잠깐 내 머릿속이 복잡하게 뒤엉켰다. 공중에 뜬 이 마음을 어떻게든 끌어내려야 하는데……. 아, 모르겠다.

내가 발소리를 죽이고 걸어가서 옆자리에 앉자 그 애가 키득키득 웃었다.

"뭘 그렇게 열심히 뛰어오기까지 해? 그리고 안 그런 척하는 건 또 뭐래……."

봤으면서도 모른 척하고 앉아 있었다니. 내 꼴이 얼마나 우스웠을까.

나는 헛기침을 하고 똑바로 앉았다.

"너 웃는 게 참 이쁘다. 아이고, 귀여운 나의 노예!"

내가 웃었나. 이런 망할!

나는 최대한 덤덤한 목소리를 내려고 노력했다.

"집에는 왜 안 갔어?"

그런데 막상 내 입에서 나온 목소리는 계집애 목소리처럼 가늘고 떨리기까지 했다.

"뭐 어때! 집에 꼭 가야 하나? 나 오늘부터 집 없어. 그리고 노예를 사랑하는 건 주인의 본분이야!"

그 애가 나한테 얼굴을 바짝 들이밀며 웃었다.

"저리 가!"

"아야!"

내가 놀라서 살짝 어깨를 밀었을 뿐인데 그 애는 또 앓는 소리를 냈다. 양손으로 얼굴을 감싸 웅크리고는 한동안 움직이지 않았다. 나는 어찌할 바를 몰라 주저주저하며 물었다.

"어디 아파?"

"응……."

"어디?"

나는 벤치에서 벌떡 일어섰다.

"여기가 아파."

그 애도 따라 일어서며 내 가슴팍을 손가락으로 콕 찔렀다.

아, 그 애는 웃고 있었다. 하얗고 고른 치열을 다 드러내고 실처럼 가늘게 변한 눈으로. 이랬다저랬다 변덕이 죽 끓듯 하고 도통 속을 알 수 없는 애. 그런데 그 애가, 내 앞에서 웃고 있는 그 애가 미치도록 예뻤다.

이건 착시야, 착시! 그렇게 생각하면 할수록 나의 착시 현상은 극에 달했다. 게다가 그 애가 내 옆에 너무 바짝 붙어 있어서 땀 냄새 같기도 하고 풀 냄새 같기도 한 야릇한 냄새가 났다.

"농담이야, 농담! 내가 아프긴 어디가 아파! 멀쩡해! 히히히, 울 몽구가 애교까지 있는 줄은 정말 몰랐는데. 구엽다, 구여워!"

그 애가 내 손을 잡아 다시 벤치에 앉혔다. 흥얼흥얼 콧노래를 불렀다. 아마 이어폰으로 듣고 있는 음악 때문인 것 같았다. 나는 슬그머니 손을 빼냈다. 그 애는 신경 쓰지 않았다. 그 애의 콧노래가 너무 듣기 좋았다. 내 얼굴을 스치는 부드러운 미풍. 시간이 이대로 멈춰버려도 좋을 것 같았다.

그런데 그 애가 갑자기 침울한 목소리로 물었다.

"내 손 정말 못생겼지?"

나는 뭐라고 해야 좋을지 몰라 마른침을 삼키며 그 애의 손을 봤다.

"손은 정말 별짓을 다 해. 태어나서부터 죽을 때까지. 손가락을 빨고, 귀를 후비고, 얼굴을 씻고, 먹고, 닦고……. 그뿐이야, 글씨를 쓰고, 음식을 만들고, 누구를 만지고, 때리고……."

그 애는 자기 손을 물끄러미 내려다보고 있었다.

"나는 이 손으로 뭘 할 수 있을까? 이 더럽게 크고 못생긴 손으로……."

그 애 홈피에서 봤던 손에 대한 이야기가 떠올랐다.

파괴, 상처, 창조, 굳은살 같은 단어들이 머릿속에서 마구 뒤엉켰다. 뭐라고 근사한 대답을 하고 싶은데 입술만 바짝바짝 탈 뿐 생각이라곤 나지 않았다.

"크르르륵."

그 때 그 애가 이상한 소리를 내며 웃었다.

"아까 연습실 가는 길에 너네 가게에 갔었거든. 너희 엄마

손! 퉁퉁 불어서 평소보다 두 배는 커졌을 것 같은 그 손! 너희 엄마가 김밥 싸는 거 옆에서 봤어. 김밥을 먹는데 울컥 목이 메더라. 나 정말 웃기지? 맛있는 김밥 먹으면서 도대체 무슨 짓인지 몰라, 크크. 하마터면 망신당할 뻔한 거 있지? 너희 아빠 덕분에 살았어. 이쁜 학생이 급하게 먹다 체하겠네. 그러면서 얼른 물을 떠다 주시는 거야. 내가 얼굴은 좀 되잖아?"

그 애는 생글생글 웃으며 내 앞에 얼굴을 들이밀었다.

"그래서 니가 나 좋아하는 거고, 안 그래?"

나는 얼굴이 화끈 달아올랐다. 그 애가 제멋대로란 걸 알고 있었지만 이 정도로 못된 애일 줄은 몰랐다. 지금까지 온갖 폼 다 잡으면서 손이 어쩌고저쩌고 떠벌린 것도 나를 놀릴 작정으로 그런 거였다. 그러니까 나는 이 계집애한테 제대로 당한 거다.

나는 벌떡 일어섰다. 그런데 그 애가 내 손을 잡았다.

"미안해. 장난이야."

그 애의 손은 차가웠다. 나는 다시 털썩 주저앉고 말았다.

잠시 후 그 애가 한쪽 귀에 끼고 있던 이어폰을 빼내 내 귀에 끼워 주려는 듯 내 쪽으로 몸을 기울였다. 훅 하고 끼치는 그 애의 냄새.

나는 그 애의 변덕과 횡설수설을 이해할 수 없었다. 그러나 중요한 건, 그 애 몸과 내 몸이 맞닿은 곳에서 이상한 온기와 진동이 느껴진다는 것이었다. 지금껏 한 번도 느껴본 적 없는 아주 뜨거운 그것!

나는 눈을 감고 말았다. 그런데 뭔가…….

그 애의 입술이 내 입술에 닿았다. 눈을 감고 있었지만 그게 그 애의 입술인 건 분명히 알 수 있었다. 내 입술은 불붙은 듯 뜨거웠고 그 애의 입술은 차가웠다. 아니, 차가운 것 같았다. 얼음장처럼 차갑던 그 애의 입술이 조금씩, 아주 조금씩 녹아내렸다. 나는 그렇게 녹아내리는 얼음으로 입술을 축였다.

"푸하하하."

그 애가 또 웃었다.

"너 처음이구나! 처음이야! 세상에, 아직도 못 해봤구나. 신기해라, 신기해!"

나는 화끈거리는 얼굴을 손으로 가리고 고개를 숙였다. 나는 그 애의 얼굴을 똑바로 볼 수가 없었다. 온몸이 부르르 떨렸다.

"떨지 마. 꼭 애기 같다, 너! 더 진한 것도 가르쳐 줄 수 있지만, 오늘은 1교시니까. 다음번에, 2교시 때 진도 더 나가지, 뭐."

그 애가 이번에는 정말로 내 귀에 이어폰을 꽂았다.

"데이비드 달링의 「다크 우드」래. 어떤 시에서 보고 찾은 건데, 너무 소름끼치지 않니? 이걸 계속 듣고 있는데 도저히 집에 갈 수가 없더라고, 눈물이 나서. 푸하하하."

그 애의 달뜬 목소리와 이어폰에서 흘러나오는 첼로 소리.

우리는 한동안 그렇게 이어폰을 나눠 끼고 다크 우든가 하는 첼로 독주를 들었다. 뻣뻣하게 굳은 내 몸에서 그 애와 맞닿아 있는 부분만 살아 움직이는 것 같았다. 무릎이 아프면 그 때서야 아, 무릎이 거기 있었지 그러는 것처럼 다른 부분은 다 사라지고 오직 그 애 머리가 닿아 있는 내 오른쪽 어깨, 거기서 조금 내려온 팔뚝, 허벅지, 종아리만 살아 있는 것 같았다. 그 가느다랗고 뜨거운 진동의 선을 따라 내 가슴은 아주 빠르고 급하게 뛰었다. 파닥파닥, 물 밖으로 나온 물고기처럼.

내가 그렇게 헤매는 동안 그 애는 그 어떤 시라는 걸 외워 주겠다고 했다.

박남준이라는 사람의 「저녁 무렵에 오는 첼로」라는 시인데, 부제가 '데이비드 달링의 「다크 우드」로부터'라고 했다. 나는 아무래도 상관없었다. 아니, 그게 굉장히 긴 시였으면 좋겠다고 생각했다.

그렇게 저녁이 온다 이상한 푸른빛들이 밀려오는
그 무렵 나무들의 푸른빛은 극에 이르기 시작한다
바로 어둠이 오기 전 너무나도 아득해서 가까운
혹은 먼 겹겹의 산 능선
그 산빛과도 같은 우울한 블루
이제 푸른빛은 더 이상 위안이 아니다

"아, 그 다음은 잘 모르겠다. 생각 안 난다. 근데 이 음악 정말 슬프지 않니? 슬프지만 그래도 나의 사랑스런 노예와 함께 있으니까, 좋아."

그 애가 그렇게 말해 주니까 나도 좋았다. 솔직히 그 애가 외워준 시의 내용이 뭔지 기억도 나지 않았다. 중요한 건 무지 짧았다는 사실이었다.

12. 몽구, 진구

11) A(-3,4) B(0,0) C(3,4)를 꼭지점으로 하는 △ABC가 있다. △ABC의 각 꼭지점에서 대변에 내린 수선의 교점의 좌표는?

내린 수선의 교점이 무게중심이니까, 무게중심 좌표 공식이 뭐였더라? 나는 책상에 앉아 샤프심으로 문제집을 콕콕 찔렀다.

도무지 생각이 안 난다. 공식만 알면 간단하게 풀 수 있는 문젠데. 어느새 나는 돌이 됐다. 이대로는 기말고사도 죽을 쑬 게 뻔하다.

얼마 전에 중간고사와 모의고사 성적표를 받고 까무러칠 뻔했다. 처음 받아보는 성적이었다. 그런데도 나는 여전히 집중을 못한다. 이러면 안 되는데. 이러면 안 되는데. 아아아아아, 머릿속이 뒤죽박죽이다. 진내인도 그렇고, 오진구도 그렇고, 몽구스도 그렇고……. 얼른 정신을 차리고, 최소한 기말만이라도 성적을 올려야 할 텐데, 원래 나는 이런 애가 아닌데, 내가 왜 점점 이 모양 이 꼴로 망가지는지 모르겠다. 그런데도 나는 또 몽구스 카페에 들어간다.

몽구스 멤버들만 쓰는 게시판에 오진구의 글이 떴다.

나는야 간다.

몽구스여 안녕!

으하하하하!

빠이~빠이~

그 밑에 덧글이 좌르륵 달렸다.

간지대마왕 : 너 꼭 그래야겠어? 맘잡은 줄 알았더만, 배신을 때려! 전화 좀 받아라.

마루의왕자 : 잘 먹고 잘 살아, 이럴 줄 알았냐? 후진 새끼.

에미넘동생 : 으악, 그러지 마요. 행님이 가면 우리는…… 개털이잖어유…… 개털!

성공맨 : 그래, 잘 가라! 듣던 중 반가운 소리다. 퉤, 퉤,

퉤, 퉤.

비걸레인 : 형아! 화이링~

오진구가 몽구스를 떠난다고? 분명 나쁜 소식이 아닌데 이상하게도 나는 멍해졌다. 아마도 그건 오진구가 몽구스를 떠날 것이라고는 상상해본 적이 없기 때문일 거다. 정말? 진짜? 믿기지가 않았다. 그래서, 너무 멍해서 나는 오진구에게 전화를 하고 말았다. 오진구는 받지 않았다. 나는 급하게 문자를 보냈다.

몽구스 창립 멤버는 오진구와 박승, 서영진이었다. 팀을 만들자는 제안은 영진 형이 했다. 수련관 연습실에 혹해서다. 팀 이름 때문에 고민하던 셋은 리얼 고무줄, 오션스, 타이푼, 용마산 돌격대, 다크니스 솔저, 스티리트 파이터 등 온갖 이름을 들먹였다.

그 때 우리는 라면을 먹는 중이었고, TV에선 야생동물 다큐멘터리 프로그램이 흘러나왔다.

"작고 짧은 다리를 가진 고양이과의 포유동물, 몽구스! 녀석의 작은 몸집에는 놀라울 정도로 대담한 공격 본능이 숨어 있다. 녀석은 코브라와 같은 독사를 공격하거나 죽이기도 한다. 뱀의 머리를 공격, 한번에 두개골을 부숴버리는 녀석은……."

몽구스에 관한 설명이었다.

라면을 다 먹고 끄윽! 요란하게 트림을 한 오진구가 문득 생각난 것처럼,

"몽구스로 하자!"

그렇게 말했다.

"몽구스?"

"응, 몽구스! 몽구스에 꽂혔다!"

나는 오진구의 말을 듣는 순간 라면가닥이 목에 걸려 컥컥거렸다. 몽구스라고? 몽구와 몽구스! 누가 들으면 내가 만든 비보이 동아리인 줄 알 거다.

"안 돼!"

나는 꽥 소리를 질렀다.

"몽구스라고 해! 안 그러면 나 안 해!"

오진구의 대답은 짧고 단호했다.

"아니, 몽구도 있는데 이름이 너무 그렇다. 다른 걸로 하자."

영진 형의 미적지근한 반응이 왜 그리도 반갑던지.

"누구? 오몽구가 우리 팀이야? 쟨 아냐! 쟨 고등학교 가면 이거 끊을 거야! 나야 영원한 몽구스 비보이고 쟤야 깍두기 오몽돌이고!"

오진구는 말짱한 얼굴로 그렇게 말했다. 나는 보란 듯이 몽구스에 남았다.

나는 집을 나와 뛰기 시작했다. 엄마 가게 앞을 지나 동네

꼭대기에 있는 공원으로 향했다. 공원에는 사람들이 버글버글하다. 경보 선수처럼 걷는 아줌마들 사이를 뚫고 전속력으로 달려나갔다. 장갑 낀 손을 앞뒤로 내두르며 걷던 아줌마들은 놀라서 길을 터주거나 어이쿠 비명을 지르며 비틀거렸다. 나는 뒤도 돌아보지 않고 그냥 뛰었다.

드디어 오진구가 나타났다. 바지 주머니에 깊숙이 손을 찔러넣은 채, 웃통을 벗고 농구를 하는 애들을 지나 배드민턴 채를 휘두르며 뛰어다니는 꼬마들 사이로 건들건들 나를 향해 걸어온다.

"왜 불렀냐? 집에서 보면 되지."

오진구가 내뱉은 첫마디였다.

"나 지금 피곤해. 내일 학교도 가야 하고."

그러니까 용건만 간단히 하란 말씀이다.

"언제부터 그렇게 학교에 열심히 다녔는데?"

"며칠 됐어! 너도 알잖아?"

"스카우트됐다며? 좋겠다! 그런 것도 되고. 역시 오진구야!"

"내가 좀 실력이 되잖아?"

"그래, 그건 내가 알 바 아닌데, 나랑은 상관없는데, 그렇게 나갈 거면 진작 나가지 그랬어? 보티 예선도 얼마 안 남았는데 지금 빠지면 몽구스는 어떡해?"

나는 그렇게 말하면서도 비굴한 기분이 들었다. 솔직히 몽구스 때문에 오진구가 남아 있길 바란 적도 없는데.

"어이, 오몽돌! 거기까지만 하지."

"뭐라고?"

"거기까지만 하시라고. 톡 까놓고 얘기해서 오몽돌이 바라는 바 아니었어? 하하하! 몽구스에서 오진구 사라지길 학수고대하는 줄 알았는데, 아닌가?"

"뭐?"

"왜, 찔리냐? 너 억지로 몽구스에 붙어 있는 이유가 뭔데? 솔직히 말해봐. 넌 비보이로 살겠다, 이런 맘 손톱만큼도 없는 놈이잖아?"

"니가 무슨 상관인데!"

"하하하. 하긴, 내가 상관할 바 아니지. 이제 구리구리한 몽구스랑도 빠이빠이 하는 판에 내가 뭔 말을 하는 거야! 오몽돌은 지금처럼 박승이한테 찰싹 달라붙어서 놀아. 그럼 되는 거지! 푸하하하!"

"나쁜 놈! 승이 형이 너한테 어떻게 했는데……. 넌 양심도 없냐?"

"오몽돌! 주제파악 좀 하지 그래. 니가 지금 하고 싶은 말이 뭔데? 오호라, 승이를 위해서 몽구스에 남아라? 그건 또 어느 나라 법이냐? 오몽돌! 너나 잘하세요! 응? 너나 잘해서 몽구스 키우세요! 맘대로 키우세요. 그런데 열라 힘들긴 하겠다. 비보이가 너처럼 장난삼아 해볼까 해서 되는 게 아니거든. 너처럼 머리 굴려서 이만큼만 하고, 이만큼은 빼고, 요따위로 해서 되는 게 아니거든. 흐흐흐."

"니가 뭘 안다고 함부로 지껄여!"

나는 입술을 비틀며 웃는 오진구의 얼굴을 향해 주먹을 날렸다. 내 주먹은 정확하게 오진구의 입술로 날아갔다.

오진구가 주먹으로 입술을 훔치고 일어나 내 어깨를 잡았다.

"너 잘 들어! 오몽돌이한테 잘난 이 형이 처음으로 하는 충고다! 내가 세상에서 제일 싫어하는 게 양아치거든. 너가 박승이한테 붙어서 살든, 비보이 하겠다고 설치든 나랑 상관없는데 양아치 꼬붕만은 되지 마라, 엉?"

나는 오진구를 힘껏 밀쳐냈다.

"닥쳐! 너나 양아치 짓 그만 하고 다녀. 춤 좀 춘다고 사람들이 떠받드니까 눈에 뵈는 게 없냐?"

"오, 이제야 본색을 드러내시겠다? 그래, 오몽구 열라 오진구 무시하지! 넌 옛날부터 그랬어. 학교에서 나 만나면 슬슬 피하고. 아, 피한 정도가 아니지. 아예 팔아 넘겼지? 그 때 기억나냐? 내가 나이키 에어조던 사 가지고 처음 신고 나간 날, 문방구 앞에서 말야. 필섭이 새끼가 한번 신어 보자고 자꾸 날 건드리는데 너가 마침 문방구에 뭘 사러 왔잖아. 너 그 때 나 힐끗 한 번 보더니 필섭이한테 꾸벅 인사하고 그대로 가더라. 뒤도 안 돌아보고 말이야."

"그건 그런 게 아니야. 니 옆에 애들이 하도 많길래……. 엄마, 아니 아빠한테…….”

나는 버벅거렸다.

“오호? 그래도 변명할 게 남았다 그거지? 내가 니 맘을 모를 줄 알아? 너 나 쪽 팔려 죽겠지? 쪽 팔려서 형이라고 부르고 싶지도 않지? 내가 그렇게 쪽 팔리든? 너 지금도 나한테 형이라고 안 하잖아. 으하하하. 그런데 지금 내가 잘나가니까, 무지 열 받냐? 왜? 내가 잘나서 잘나간다는데, 니가 왜? 그럼 너도 잘나 보든지! 그따위로 똥폼 잡고 엉거주춤 바지 내리고 있지 말고…….”

“니가 무슨 상관인데! 내가 똥폼을 잡든 말든! 너 같은 건 형도 아니야! 그래, 쪽 팔린다! 쪽 팔려 죽겠다! 내가 니 동생인 게 열라 쪽 팔려! 쪽 팔려 미치겠다구!”

나는 미친 듯이 소리를 질렀지만 오진구는 처음 나타났을 때처럼 그렇게 유유히 사라졌다.

주변에 있던 사람들이 나를 힐끗거리며 쑤군댔다.

“아아아아아!”

나는 머리를 쥐어뜯으며 소리를 질렀다.

13. 이러쿵저러쿵

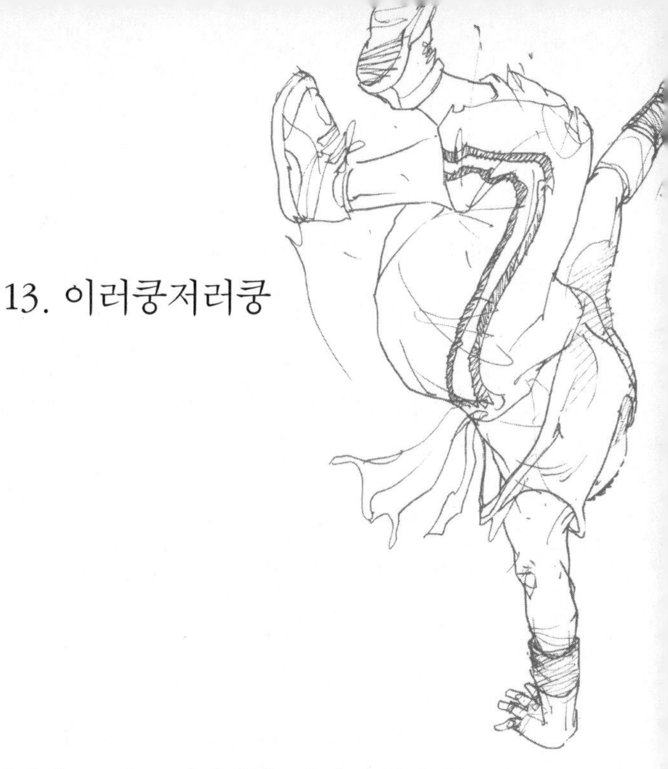

오진구가 집을 나갔다. 그것도 당당하게. 마치 유학이라도 가는 것처럼 엄마 아빠의 배웅을 받으며 새로 옮기는 팀 리더의 오피스텔로 떠났다. 나는 떠나는 오진구의 뒤통수에 대고 저주를 퍼부었다. 꼭 망하길! 부디 망하길! 제발 망하길!

나는 잠잠히 있으려 애를 썼다. 더는 망가지고 싶지 않았다. 집에서도 연습실에서도 입을 열지 않았다. 입을 열면 내가 생각하지도 않은 말이 불쑥 튀어나올 것 같았다. 엄마도 오진구가 떠난 뒤 부쩍 말수가 줄었다. 평화로운 사람은 오로지 아빠밖에 없었다.

도형은 바보가 됐고 승이 형은 이상해졌다. 다정한 말 대신 초초한 얼굴로 두리번거린다. 영진 형도 덩달아 이상해졌다. 승이 형 기분이 안 좋으니까 그렇겠지 싶지만, 특별한 이유도 없는데 말도 잘 안 한다. 삐친 것처럼.

그 와중에 기회를 만난 듯 설치는 건 정필섭 하나뿐이다.

"이참에 몽구스도 물갈이를 하자고. 간판도 갈고. 솔직히 몽구스가 뭐냐? 난 몽구스 하면 오진구 생각부터 나더라. 쪼만해가지고 미친개처럼 덤비는 게 똑같잖아?"

그러면서 노골적으로 나를 본다.

"안 그러냐, 몽구야?"

제기랄! 개구멍 놀이터 사건이라는 내 약점을 쥐고 흔드는 거다.

입술을 깨물고 있는 내 등 뒤로 도형의 목소리가 들린다.

"그래도 진구 형님 없으면 안 돼요! 몽구스는 진구 형님인데……."

연습실 소파에서 잠만 자던 도형이 부스스 일어나 그렇게 대답한 것이다. 그러고는

"배고파, 배고파!"

하고 중얼거린다.

"저거, 완전 병신된 거 아냐? 쯧쯧."

정필섭! 해도 해도 너무한다.

내가 노려보자 필섭 형이 움찔하며 물러선다.

"머리는 이제 안 아파?"

나는 도형의 머리에 손을 얹으며 말한다.

도형이 연습실에서 잠을 자기 시작한 건 지난 주 수서 배틀

후부터다. 그 날 녀석은 '무슨 일이 생기든, 난 상관없어!' 라고 적힌 티셔츠를 입고 나왔다. 바보 같은 놈, 그런 거 입고 난리 칠 때부터 알아봤다.

그 날 승이 형의 에어트랙이 어정쩡하게 끝나자 무대 아래는 거의 무반응에 가까울 정도로 썰렁했다. 그 때 도형이 괴성을 지르며 백 텀블링을 시도했다. 텀블링이 녀석의 특기이긴 했다. 그런데 도형은 손을 잘못 짚어 머리로 떨어졌다. 한동안 버둥대던 녀석은 비틀거리며 일어나 바보처럼 웃었다. 나는 화가 치밀어 "병신!" 그렇게 중얼거렸던 것 같다. 아무튼 우리는 마무리 동작도 없이 무대에서 내려왔고, 도형은 손목이 아프다며 엉엉 울었다.

"미쳤어, 미쳤어! 거기서 그걸 왜 해?"

대기실에서 기다리고 있던 혜미 누나가 도형을 때렸다. 동감이었다. 미치지 않고서야 거기서 그럴 이유가 없었다.

"머리는? 머리는 안 아파?"

혜미 누나가 걱정이 되기는 되는 모양이었다.

도형은 대답 대신 눈만 껌뻑거렸다.

"으휴, 바보! 천치!"

혜미 누나는 CT촬영을 해야 한다고 강력하게 주장했다.

"으휴."

검사 결과 아무 이상이 없다는 도형을 향해 혜미 누나는 눈을 흘겼다.

거기까지는 그래도 괜찮은 편이었다. 문제는 병원비를 들고 나타난 도형의 아버지였다. 찬바람이 쌩 불었다.

"우리 집에 돈이 썩어나는구나. 돈을 벌어와도 시원찮을 판에 돈 들어갈 짓만 골라서 하느라 욕본다."

그리고 얼굴도 들지 못하는 도형이 옆에 서 있던 혜미 누나를 향해

"어디서 골라도 꼭 저 같은 것만 골라."

하고 혀를 찼다. 바늘로 콕콕 찌르는 말투였다. 그 날 이후로 혜미 누나는 연습실에 나타나지 않았다.

도형이 좋아하는 무파마탕면, 영진 형이 좋아하는 진라면, 승이 형이 좋아하는 너구리……. 나는 주섬주섬 라면을 열 개 정도 고른다. 계란도 사야 하는데 계란까지 사고 나면 빈털터리다.

나는 계란 박스를 들고 망설였다.

"그거 사게? 이리 줘! 이거랑 같이 계산하게."

오진구와 함께 몽구스에서 사라진 줄 알았던 진내인이다.

"뭐 해? 이리 달라니까."

저 말짱한 얼굴에 말짱한 태도라니. 정말 구미호가 따로 없다. 기가 막혀서. 공원에서 있었던 일은 진내인의 머릿속에서 깨끗이 삭제된 게 분명하다. 그 애는 언제 무슨 일이 있었냐는 듯 내가 자기 앞에서 어물쩍거리기만 해도 "토마스 샘! 토마스

샘!" 하면서 생글생글 웃었다. 나는 그렇게 진내인이 씹다 버린 껌처럼 끈적대다 딱딱하게 굳어버렸다. 한편으론 다행이었다. 저렇게 하루에도 열두 번 둔갑술을 부리는 애를 내가 어찌 감당하겠는가. 오진구라면 몰라도.

진내인은 내가 고른 것까지 계산대 위에 우르르 올려놓는다. 그러고는 커다란 비닐봉투를 들고 쪼르르 나가버린다. 나는 절대 이해 불가인 그 애의 뒤를 터벅터벅 따라간다. 누가 반가워한다고 여길 와, 바보 같은 계집애!

"안녕, 안녕!"

진내인의 겁 없는 인사!

승이 형이 "어, 왔니!"라고 말한 게 유일한 화답이었다.

"우리 이거 먹고 해요!"

반응이 없다.

"라면 끓일까요? 혜미 언니만큼은 안 돼도 그냥 보통은 되는데. 보통 라면 드실 분?"

정필섭이 히죽거리며 바라본다.

아랑곳없이 진내인은 라면을 끓인다. 나는 다시 쥐죽은 듯 뻗어버린 도형을 바라보며 벌써 열한 시라는 걸 깨달았다.

"앗, 뜨거!"

진내인은 맨손으로 냄비를 잡다 소스라치게 놀란다. 그냥 두고 볼 수가 없다. 수건을 가져다 주고, 신문지를 펴고 굴러다니는 나무젓가락을 꺼내 라면 먹을 준비를 해두었다.

"드세요!"

후룩후룩. 그 애가 라면을 먹기 시작했다. 나는 조마조마한 마음으로 승이 형을 쳐다봤다. 승이 형이 한마디 해줬으면 싶다.

진내인은 꾸역꾸역 그 많은 라면을 다 먹는다.

"승이 형!"

라면이 목에 걸린 듯 컥컥대던 진내인이 승이 형을 부른다.

"저 새벽까지 연습해도 돼요?"

진내인은 정상이 아니다. 정상이라면 저렇게 말 못할 테고.

"교복까지 다 싸왔거든요. 헤헤."

도형이만으로 부족해서 바보가 한 명 더 생겼다. 도대체 오밤중에 와서 재가 왜 저러지? 나는 속이 탄다.

"야, 비! 진구는 어딨냐?"

정필섭이다.

"아, 예? 그야 저는 모르죠. 아마 연습하겠죠. 진구 형이야 앉으나 서나 연습밖에 모르는 사람이잖아요. 헤헤."

바보 같은 계집애. 웃음이 나오냐, 지금.

"오! 그래? 그런데 넌 여기 왜 왔냐?"

"어머! 모르셨어요? 저 몽구스 크루 비걸이잖아요. 안 그래요? 승이 형! 몽구스에 의한, 몽구스를 위한 비걸 레인, 헤헤."

승이 형은 대답이 없다.

"그래? 그거야 오진구 있을 때 얘기고. 우리 이제 몽구스 간판 내릴 거거든. 그러니까 너도 딴 데 가서 알아봐라!"

정필섭이 비아냥거려도 승이 형은 여전히 침묵한다. 저건 아닌데……. 정필섭을 멤버로 받아들였을 때도 나는 승이 형에게 내가 모르는 그럴 만한 이유가 있을 거라고 생각했다. 승이 형을 믿었다. 그런데 지금의 침묵은 이해할 수가 없다.

"호호호, 농담도 잘하시네요. 이거 다 불기 전에 좀 드세요. 저한테 좀 많네요. 호호호."

저게 바보야, 여우야! 나는 속이 뒤집어질 것 같아 벌떡 일어났다.

"왜, 가게? 하긴 형이 나가면 동생도 나가야지! 안 그래?"

정필섭이 비웃음을 흘리며 나를 쳐다봤다.

"우리야 어차피 공부랑 담 쌓은 놈들이고, 대단한 진구 동생 몽구야 우리 같은 놈들이랑은 다르지. 암, 질적으로 다르지! 우리야 똥 정보생이고 오몽구야 대 인문고생이잖아. 흐흐흐."

번지르르 개기름이 흐르는 정필섭의 얼굴.

"글쎄요, 사람은 다 다르죠. 정필섭은 정필섭, 오진구는 오진구, 오몽구는 오몽구! 그런 거 아닌가요?"

나는 정필섭의 눈을 똑바로 보며 대답했다.

그리고 연습실을 나왔다. 승이 형은 끝내 침묵했고, 영진 형은 뒤도 돌아보지 않았고, 바보 같은 계집애는 아직도 라면을 먹고 있었고, 또다른 바보는 퍼질러 자고 있었다.

14. 분열

"몽구스는 이제 선장을 잃었다."

나는 싸이 다이어리에 그렇게 썼다 지웠다. 그리고 그 동안 쓴 다이어리도 모두 지웠다. 진실은, 진짜는 공개되지 않는다. 그래야 진실이다.

세 시간 전에 나는 연습실 문 앞에 있었다. 내가 열다 만 문틈으로 영진 형과 승이 형이 보였다. 승이 형은 뻣뻣하게 서 있고 영진 형은 그런 승이 형을 껴안고 있었다. 그 때 그 곳을 떠났어야 했다. 그게 나다운 거였다. 그런데 나는, 문고리를 잡은 손을 슬그머니 놓고 벽에 기댄 채 그들의 대화를 엿듣고 말았다. 그래서 반갑지도 않고 알고 싶지도 않은 진실을 알게 됐다. 아, 제기랄!

"제발 정신 차려! 리더가 팀을 나가겠다는 게 말이 돼?"

흐느끼는 목소리로 영진 형이 말했다.

"왜? 진구는 나갈 자격 있고 나는 나갈 자격도 없냐?"

얼핏 보아도 승이 형의 얼굴은 벌겋게 달아올라 있다.

"너 그런 놈 아니잖아!"

"내가 어떤 놈인데?"

둘은 주먹질이라도 할 것처럼 얼굴을 맞대고 고함을 질러댔다.

아, 대체 이게 무슨……. 나는 얼른 등을 돌려 문 옆 벽에 붙었다.

"돈 되는 일이라면 자존심이고 뭐고 다 버리는 놈이 바로 나, 박승이야! 그래서 이제부터 본격적으로 돈 좀 벌어 보겠다는데 왜? 뭐가 맘에 안 드는데? 난 이제부터 돈만 많이 준다면 어떤 알바든 다 할 거야. 암, 하고말고."

승이 형의 목소리는 참으로 낯설었다. 그 뒤로 이어지는 영진 형의 목소리.

"너 상황이, 집안 형편이 그러니까, 그러는 거 다 이해해. 물론 너란 놈이 몽구스에, 정필섭 같은 새끼를 껴주고 걔네 삼촌 성인오락실에서 알바 시작했다는 걸 알았을 때는 한 대 갈겨주고 싶었어. 하지만 나 다 이해해. 그러니까 제발 그만두겠다는 소리만 하지 마! 너한테 춤이 어떤 건지 알아! 그걸 포기하면 안 돼! 절대 안 돼!"

"이해한다고? 나한테 춤이 어떤 건지 안다고? 으하하하! 으하하하!"

승이 형은 미친 듯이 웃었다.

"서영진, 니가 대체 뭘 이해하는데? 재혼한 아버지 집에 전화해서 얼굴 한 번 본 적 없는 여자한테 어머니, 어머니 그러면서 돈 얘기 하는 거? 온종일 신장내과 병원 침대에 누워 혈액투석 받느라 끙끙대는 엄마 보면서 차라리 죽어버렸으면 좋겠다고 생각하는 거? 열라 알바 뛰며 생활비 버는 누나한테 누나가 나한테 해준 게 뭐가 있냐고 악쓰는 거? 대체 뭘! 뭘 다 이해하는데? 아하, 그거? 그래, 나 오락실 알바 자리 꿰차려고 필섭이 끌어들였다. 그게 어쨌다는 건데? 몽구스가 뭐 별거야? 필섭이랑 우리랑 다를 게 뭔데? 아아아, 그놈의 비보이 정신! 개나 물어가라 그래!"

승이 형의 말이 폭포처럼 세차게 쏟아져 나왔다.

"그런 쓰레기 같은 내가 왜 지금까지 몽구스 리더 자리 차지하고 있었냐고? 글쎄! 지금 생각하면 그게 바로 헛된 꿈, 지랄 같은 꿈! 바로 그거 때문이야! 몽구스, 아니 내가 비보이라고 느끼는 그 순간, 춤을 추는 그 순간. 그 순간에 난 미쳤거든. 그 때만큼은 그 지랄 같은 집, 지랄 같은 돈 생각이 안 났거든. 다른 놈이 된 거 같았거든. 자유로웠거든. 당당했거든. 행복했거든. 진구 새끼가 춤추는 걸 보고 있으면 저절로 기분이 좋아졌거든. 나란 놈한테도 미래가 있고, 꿈이 있고, 희망이 있고……. 뭐 다 잘될 거 같았거든. 으하하하."

승이 형의 웃음소리를 듣는 순간 나는 질끈 눈을 감았다.

"그러지 마, 제발! 조금만 더 참으면 되잖아. 다 잘될 거야. 진구가 없다고 당장 몽구스가 어떻게 되는 것도 아니잖아. 우리가 열심히 개연습해서, 니 말대로 보티 예선 통과하고…… 뭐 우리라고 못 하라는 법 있냐?"

"우리가 어딜 나가? 어떻게? 이렇게 얼렁뚱땅? 이런 식으로는 안 된다는 거 니가 더 잘 알잖아? 내 머릿속엔 온통 돈 생각뿐이야! 돈! 돈! 돈! 진구 그 자식 머릿속엔 춤! 춤! 춤! 그 생각뿐인데 말야."

"너희 어머니 병원비 때문에 그러는 거라면, 내가 우리 아버지한테 말해볼게."

"개소리 집어치워! 니가 왜? 왜 우리 엄마 병원비를 너희 아버지한테 달라고 하는데? 무슨 소설 쓰냐? 웃기다 못해 끔찍하다! 솔직히 탁 까놓고 하는 말인데, 나 너 지겨워! 기집애처럼 무슨 일만 생기면 나한테 와서 미주알고주알 떠들어대는 것도 지겹고, 신경질 부리는 것도 지겹고, 다 지겨워!"

승이 형은 점점 더 포악해지고 있었다.

"야, 너 말 다 했어?"

우당탕탕 몸싸움을 하는 듯한 소리가 한동안 이어졌다.

"저리 가! 저리 가란 말야!"

그렇게 얼마쯤 시간이 흘렀을까? 영진 형의 목소리가 들려왔다.

"박승! 너만 지겨운 게 아냐. 나도 내가 지겨워. 나도 내가 싫어. 내가, 이 서영진이라는 구리구리한 놈이 무지 싫다구. 그래 난 비정상이야! 됐냐? 그래도 난 너를 친구라고 생각했는데……."

승이 형이 소리질렀다.

"난 그런 거 몰라. 나한테 친구 같은 건 없어. 특히 서영진, 너 같은 놈이랑 놀고 싶은 맘 털끝만큼도 없어. 알았냐?"

"나쁜 새끼!"

"그래, 나 이제부터 영원히 나쁜 새끼 할 거니까 내 눈앞에서 꺼져!"

나는 휘청거리는 다리로 연습실 계단을 숨죽여 밟고 올라갔다. 이건 악몽이야!

내가 승이 형과 영진 형을 처음 본 건 오진구가 춤을 추기 시작하고 얼마 안 돼서였다. 이미 오진구가 물어뜯기 선수라는 소문이 동네에 쫙 퍼져서 나는 오진구가 공원에서 춤을 추든 말든 그 옆에 붙어 있을 수밖에 없었다. 엄마의 협박에 못 이겨 그저 옆에서 지켜보다가 일이 터지면 엄마한테 달려가곤 했다.

그러던 어느 날, 승이 형이 나타났다.

승이 형은 가방을 품에 안고 쪼그리고 앉아서 오진구가 춤추는 걸 봤다. 나는 가라고 말해줘야 할지 말아야 할지 조마조마한 마음으로 그 모습을 지켜봤다.

"그거 어떻게 하는 거야?"

그 사이 오진구는 계속 다리가 엉겨 회전을 하다 말다 하다 말다 했다. 지금 생각해보니 윈드밀이었다.

"그거 어떻게 하는 거야?"

승이 형은 또 물었고 나는 일이 터질 거라는 걸 알았다. 오진구가 벌떡 일어났기 때문이다. 아니나다를까 오진구는 눈자위를 희뜩거리며 달려들었다. 오진구는 그럴 때만큼은 폭주기관차처럼 튼튼했다.

"이게, 지금 누굴 보고 웃어!"

정말로 승이 형은 웃는 얼굴이었다. 오진구는 일단 쪼그리고 앉아 있던 승이 형을 발로 뻥 찼다. 승이 형은 엉덩방아를 찧고 나뒹굴었다. 그 위로 오진구의 발길질과 주먹이 막무가내로 쏟아졌다. 정말 이상했던 건 그 때까지도 승이 형이 웃고 있었다는 사실이다. 가끔 그 때 내 기억이 잘못된 걸까 생각해봐도 승이 형은 분명 웃고 있었다.

"야, 좀 살살해. 아프잖아."

승이 형이 오진구를 향해 말했다.

오진구가 미친 듯 퍼붓던 주먹질을 멈춘 건 한참 지나서였다. 오진구는 자기가 무슨 짓을 했는지 전혀 모르겠다는 듯 시침 뚝 떼는 얼굴로 손바닥을 털고 다시 연습을 시작했다.

그런 일이 몇 번 반복됐다. 어느 때는 승이 형 옆에 영진 형도 있었다. 영진 형은 오진구를 가만두지 않았다. 승이 형을 때리는 오진구의 등에 올라타 어깨를 물어뜯었다. 아무튼 그렇게 셋이 폭포공원에서 뒹굴었고, 나는 구경꾼처럼 서 있었다.

그리고 언제부턴지 기억이 확실하지는 않지만 셋은 같이 춤을 추기 시작했고, 중학교를 거쳐 같은 고등학교에 진학했다.

승이 형은 오진구의 든든한 보호자가 됐다. 그러니까 내가 더 이상 오진구를 따라다닐 이유가 없어진 거였다. 그러나 나는 계속 오진구를 따라다녔다. 언제부턴가 나는 몰래 오진구 흉내를 내고 있었다. 오진구한테 가르쳐달라고 하기는 죽기보다 싫어서 아무도 없는 집에서 오진구 흉내를 냈다. 자려고 누우면 천장에서 오진구가 춤을 췄다. 문제집 위에도 오진구가 나타났다. 제길, 나는 오진구처럼 되고 싶었다.

"오몽돌! 집에 가. 엄마한테 가서 나 이제 사고 안 친다고 해!"

"몽돌아! 가라니까. 가서 공부해."

"집에 가란 말 안 들려!"

오진구는 나를 쫓아내지 못해 안달이었다.

"오진구! 잘난 척 좀 그만 해. 몽구가 너 따라온 줄 알아? 나 따라온 거야, 그치?"

영진 형은 나를 보고 웃었다. 나는 대답 대신 그냥 웃기만 했다. 나도 내 마음을 확실히 알 수 없었다. 나는 그렇게 영진 형 옆에 붙어서 영진 형을 따라 춤을 추기 시작했다. 그러니까 어느 순간부터 승이 형은 오진구를 챙겼고, 영진 형은 나를 챙겼다.

몽구스의 수련관 시절은 좋았다. 마룻바닥 연습실. 나도 오진구의 눈치를 살피지 않고 연습을 할 수 있었다. 그러나 난 느꼈다. 내 뒤에서 나 모르게 쯧쯧! 혀를 차는 오진구의 눈빛을.

수련관 연습실은 소속 동아리들이 공동으로 이용하는 공간이었다. 정해진 시간 외에는 사용할 수 없었고, 자질구레한 규칙도 많았다. 실내화를 꼭 신는다. 동아리 멤버가 아닌 사람이 입실할 때는 동아리 담당 선생님에게 알린다. 음주나 흡연은 절대 금지. 지금 생각해보면 오진구가 지키지 못할 것들만 죄다 모아놓은 꼴이었다.

당연히 오진구는 몽구스 크루의 모든 벌점을 혼자 다 받았다. 연습실에서도 나이키 에어맥스 97을 신고 다니고, 담배 피다 걸리고, 동아리 멤버가 아닌 비보이 형들을 끌고 와 술을 마셨다. 결정적으로 그 모든 걸 다 들켜버렸다. 그것도 너무 많이! 중요한 건 그거였다.

오진구는 들키지 않게 할 수 있는 일도 꼭 들키면서 했다, 보란 듯이. 그건 바보들이나 하는 짓이었다. 그래서 그 바보 때문에 몽구스는 수련관에서 쫓겨났다.

동아리 임시 폐쇄에다 연습실 사용 불가!

생각해보면 수련관 연습실을 사용할 수 없었던 그 한 달이 몽구스의 전성기였다.

우리는 지하철역을 누비고 다녔다. 아무도 싸우지 않았고, 아무런 불만도 없었다.

"리더! 배고파."

"리더! 목말라!"

"리더! 추워!"

오진구는 어리광을 부렸고 승이 형은 가방에서 짜부라진 초코파이나 밍밍한 생수를 꺼내 줬다. 오진구 말대로 배가 고프고, 지저분하고, 추웠지만 나는 미친 듯이 신이 나서 형들을 따라다녔다.

지하철 막차가 다니는 자정이 되면 우리는 7호선을 탔다. 역사마다 셔터 위치가 달라 어떤 역은 셔터만 내리면 통행 불가였고 어떤 역은 바깥으로 통하는 입구가 열려 있었다. 개표소 가까이 있는, 안쪽 셔터만 내리는 역, 첫차가 다니기 전에 바깥으로 나올 수 있는 역. 우리는 그런 곳을 골라 새벽까지 연습을 했다.

너무 추웠고, 음악도 틀 수 없었다. 먹을 거라곤 승이 형이 챙겨온 초코파이와 페트병에 든 물 몇 병이 전부였다. 연습이 끝나면 땀에 전 옷에서 지독한 냄새가 났다. 그리고 무엇보다 공익 근무요원, 이른바 공익들의 집요한 추격이 있었다. 공익은 우리를 역사에서 쫓아내는 게 절체절명의 임무인 양 촉각을 곤두세우고 있다가 나타났다. 감시카메라 같은 걸 보고 있었는지, 아무튼 처음 몇 번은 말로 하다가 나중에는 몽둥이를 휘두르며 내몰았다.

"이 놈들이 누구 죽는 꼴 보려고 그래!"

"야, 튀어!"

언제나 공익의 출몰을 제일 먼저 알린 건 영진 형이었다. 영진 형은 누구보다도 먼저 재빠르게 내 손을 잡고 튀곤 했다.

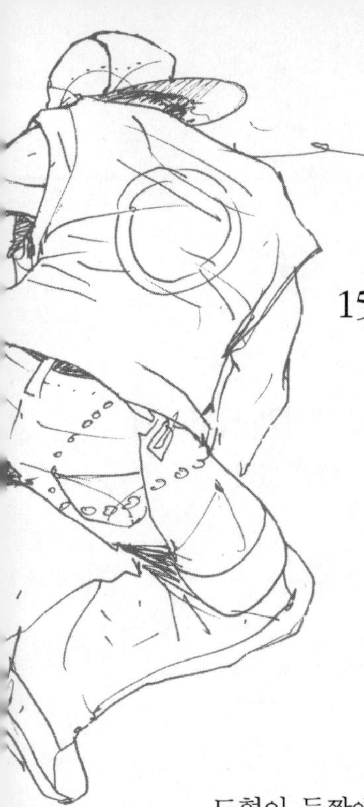

15. 사랑한다면 춤을 춰라

도형이 등짝에 커다란 트라이벌 배낭을 짊어지고 건들건들 앞서간다. 혜미 누나가 사줬다며 자랑하던 가방이다.

"어디 가는데? 나 월욜부터 기말이야!"

"지랄하네, 누군 기말 없냐? 인문계생만 대한민국 고딩이고 실업계생은 똥이냐!"

우리는 양화대교 인도를 따라 한강을 건너간다. 거대한 비닐띠처럼 출렁대는 강물. 인도에는 인라인을 타거나 우리처럼 걷거나, 짧은 반바지 차림으로 뛰는 사람들이 마구 뒤섞여 있었다. 저 멀리 사람들로 북적대는 한강시민공원이 보인다. 아, 덥고 사람 많은 데는 질색이다. 그리고 기말 시험이다. 이번에 죽을 쑤면 나는 완전히 망한다. 그런데도 연습실에서 잠만 퍼질러 자던 도형이 별안간 전화를 해서 나오라는데 거절을 못

했다.

도형은 혜미 누나와 완전히 끝났다고 했다. 그 충격으로 멍하던 머리가 쌩쌩 돌아간다나 뭐라나. 배낭은 이별 선물치고는 참으로 미래지향적이라며 새로운 사랑을 찾아 떠날 시간이 왔다고 떠벌린다.

모든 게 엉망이다. 몽구스 탈퇴를 선언한 승이 형은 '강남 나이트' 웨이터로 들어갔고, 영진 형은 연락을 끊었다. 도형 말에 따르면 학교에서도 얼굴 보기가 힘들다고 한다. 미용학원에 다닌다는 소문을 물어오긴 했지만 확실하지는 않다.

오로지 정필섭과 그와 어울리는 몇 명이 연습실을 들락거린다. 그렇다고 연습을 하는 건 아니다. 그저 들락거리는 거다. 이대로 가면 몽구스는 없어지거나 정필섭의 주도로 새로운 멤버를 영입해 다른 이름으로 활동하게 될 것이다. 둘 다 끔찍한 일이다.

인도 끝에 있는 선유도 공원 입구에서 녀석이 중얼중얼 혼자 떠들어대더니 따라오든 말든 알아서 하라는 듯 쏙 들어가 버린다. 공원은 입구의 탁 트인 잔디밭을 중심으로 양 갈래로 길쭉하게 갈라져 있다. 왼쪽 길, 흰 자작나무가 병풍처럼 둘러쳐진 곳에서 음악 소리가 들린다. 사람들이 몰려서서 아래쪽을 내려다보고 있다. 언더그라운드 록 그룹 '빨강머리 앤'이 공연을 하는 중이다.

무대가 설치된 앞마당에는 기둥 여러 개가 체스판의 말처럼 서 있다. 사람들이 그 사이에서 폴짝폴짝 뛰고 소리를 지른다. 그런데 내 눈에 누가 들어왔다.

진내인, 분명히 그 애다. 저기 무대 스피커 뒤에 쭈그리고 앉아서 마이크 줄을 만지작거리는 애는. 힐긋 스치기만 했는데, 가슴이 철렁한다.

잠시 후 그 애와 나와 도형은 전망대로 갔다. 공원 끝머리에 있는 계단을 올라가니까 꽤 넓은 전망대가 나왔다. 나무 계단이라 삐걱삐걱 소리가 났다. 계단뿐 아니라 전망대 전체가 나무로 만들어져 걸을 때마다 희미하게 삐걱거리는 소리가 들렸다. 내가 좋아하는 바닥이다. 나는 무게중심을 오른쪽 왼쪽으로 옮겨가며 그 소리를 즐겼다.

"여기 오면 이 곳이 섬이란 게 실감나. 가끔 이 테라스에 서 있으면 떨어지고 싶더라."

헛소리는 여전하군. 나는 그 애의 말을 들으며 생각했다. 그래도 파란 줄무늬가 들어간 흰색 아디다스 트레이닝복에 바이쇼크 모자를 쓴 그 애가 아주 예쁘게 보였다.

"와, 지댕[24]이다! 지댕!"

도형이 양팔을 벌리고 바람을 타는 시늉을 하며 뛰어다녔다.

해질녘이다. 오른편으로 출렁대는 한강이 한눈에 내려다보이고 왼편으로는 한강시민공원으로 넘어가는 아치형의 다리가 있다. 전망대 아래 풀밭 너머로 월드컵 분수가 보인다.

2002년 월드컵을 기념해 세웠다는 분수는 지독하게도 높이 물을 뿜는다. 이만하면 훌륭하다. 무엇보다 바닥이. 심하게 삐걱대긴 해도 괜찮다. 신발에 착착 달라붙는 게 그냥 두긴 아깝다. 강바람까지 적당히 불고.

"우리 여기서 배틀 하자!"

또 헛소리다. 추파춥스를 물고 난간에 기대어 강 쪽을 바라보더니만 한다는 소리하고는.

"여기, 바닥 좀 봐. 너무 근사하지 않니? 여기 올 때마다 꼭 한 번 해보고 싶었어."

물론 바닥이야 맘에 든다. 그래도 여기서? 지금?

"오호! 좋아, 좋아!"

아, 도형이 저걸 그냥!

"몽! 넌 하지 마. 그럼 될 거 아냐. 얼굴 구기지 말고. 알았냐?"

"어머나, 저게 몽의 매력 포인튼데. 망설임과 고뇌에 가득 찬 꿈꾸는 몽! 크하하하."

"사랑에 눈이 먼 그대여, 그대의 이름은 비걸 레인이었다!"

쳇, 죽이 척척 맞는군.

"나는 빠질 테니까, 너희들끼리 잘해봐."

나는 뒤로 물러섰다.

"음악은 내가 맡지!"

도형이 휴대폰을 꺼낸다. 린 콜린스의 「마마 필굿」. 사운드도 빵빵하다.

음악 소리에 내인이 앞으로 나온다. 그 애의 발이 움직일 때마다 바닥이 삐걱댄다.

"헤이 요!"

도형이 내인의 공간을 만들어주며 외쳤다. 주위에 있던 사람들이 웅성웅성 모여들고.

그 애는 리듬을 타며 탑락에서 풋워크로 논다. 제법 발놀림에 리듬이 느껴진다. 스텝도 변형할 줄 알고. 그 동안 놀지 않고 연습을 한 모양이다. 그렇게 한참 놀던 내인이 한 손을 짚고 어깨를 대며 번쩍 몸을 일으켜 프리즈 자세를 취한다. 양다리를 딱 붙여 45도로 세운 어깨 프리즈.

"와! 오 예!"

사람들의 함성이 섞이고 여기저기서 사진 찍는 소리가 난다.

다음은 도형. 도형은 대뜸 텀블링으로 쿵, 바닥에 떨어진다.

"와아아아!"

어느새 전망대에 있던 사람들이 춤추는 내인과 도형을 중심으로 다 모였다.

도형이 크게 소리를 질렀다.

"갈 테면 가라! 나는 비보이다. 세상 끝까지 나는 비보이다!"

내인도 소리를 지른다.

"난 절대 못 가! 나는 비걸이다. 세상 끝까지 나는 비걸이다!"

저것들이 지금 뭘 하자는 건지. 나는 하하 호호 웃는 사람들 틈에서 괜스레 얼굴이 달아올라 쩔쩔맸다.

하늘이 어두워지고 가로등이 켜지고 바람은 살랑대며 우리를 지나간다. 그 날, 내인과 공원에서 단둘이 만났던 밤처럼 비현실적인 밤이다. 도형의 코 고는 소리만 들리지 않는다면 더 좋을 텐데. 우리 셋은 지금 나란히 잔디 위에 누워 있다. 도형은 조금 전부터 드르렁드르렁 코를 곤다. 대단한 놈! 어떻게 잠이 든단 말인가! 아까는 그렇게 설쳐대더니. 도형은 구경하던 사람 몇이 같이 사진을 찍자니까 헤벌쭉 웃으며 포즈까지 취해 줬다.

나는 지금 양손을 모아 가슴에 올려놓고 어색하게 누워 있다. 손을 내리면 옆에 누워 있는 내인의 손에 닿을 것 같아서다.

"나, 니 손 좀 구경해도 돼?"

별안간 내인이 내 손을 덥석 잡았다. 그리고 진짜 구경이라도 하는 듯, 내 손을 높이 치켜들고 뒤집었다 엎었다 쓰다듬었다 한다.

나는 주책없이 얼굴이 화끈거리고 가슴이 쿵쾅거린다.

"멋있다, 정말!"

윽, 내 손을 자기 얼굴에 대고 비빈다.

나는 손을 뿌리치며 벌떡 일어났다.

"너 변태지?"

만나기만 하면 손이 어쩌고저쩌고 하는 걸로 봐서, 진내인은 변태가 틀림없다!

"푸하하하. 그래, 변태다! 어떻게 알았어? 난 진구 형한테만 들킨 줄 알았는데."

"오진구가, 아니 걔가, 아니 내 말은, 에이, 나한테 다신 이러지 마. 알았어?"

"뭘? 뭘 다신 그러지 마?"

내인은 여전히 누워 있고 나는 다리를 뻗고 앉아 있다.

"너 '네멋'[25] 봤니? 네멋에서 이나영이 양동근 보면서 나, 저 사람 없으면 죽을 때까지 담배만 펴야지, 그러거든. 지금 내가 그래. 진구 형 없으면 죽을 때까지 사탕만 물고 있어야지, 맨날 그래. 자꾸 진구 형이 도망가니까, 헤헤. 접때 손 만지고 싶다고 그 손 나 주면 안 되냐고 했더니 표정이…… 완전 변태 새끼 보는 거 같더라, 헤헤."

나는 입술을 자글자글 씹으며 킁킁 코를 들이마셨다.

"울 아빠 말이 맞는 거 같아. 나는 사람을 미치게 한대. 미치지 않고서는 견딜 수 없게 한대. 그게 나한테 있는 유일한 재주래, 헤헤헤. 백만 번 동감이야. 나 변덕이 죽 끓듯 하거든. 재즈 피아노 배운다고 난리치다 관두고, 그림 그린다고 설치다 관두고, 연기하겠다고 학원 다니다 관두고……. 셀 수도 없지. 그런데 그 순간만큼은 정말 아주 간절하게 그걸 원했거든. 정말이야!"

정말이라고? 글쎄. 네 말에 흔쾌히 동의해주기 싫은데.

"아니야, 어쩌면 그걸 내가 정말 간절히 원한다고 믿고 싶었는지도 몰라. 나도 뭔가 간절히 하고 싶은 일이 있다! 그런 기분, 그런 느낌. 그것 때문이었는지도 몰라. 그런데 사람들은 어떻게 그렇게 자기가 뭘 원하는지, 뭘 하고 싶은지 척척 아는 걸까? 아무래도 난 어디가 잘못됐나 봐. 도대체 모르겠어. 내가 뭘 원하는지. 생각하면 생각할수록 모르겠어. 그래서 춤이 좋아. 춤을 출 때는 그런 생각 같은 거 안 해도 되거든. 그냥 그대로 좋거든."

제기랄.

"헤헤, 그래서 내가 아빠한테 아주 잠깐만, 한 반 년 동안만 춤을 추겠다니까, 이번엔 완전히 돌았대. 그것도 부모 엿먹이려고 작정하고 돌았대. 나가라더라. 안 나가면 자기가 나를 죽일 것 같대. 더 이상은 참고 있을 수가 없대. 그래서 나왔다. 잘했지? 나 은근히 효녀야, 그러고 보면. 헤헤."

뭐? 집을 나와! 그럼 그 날 주접떨면서 라면 먹을 때부터 가출?

"뭐, 오라는 데는 없어도 갈 데는 많으니까, 헤헤. 참, 너 그거 아니? 진구 형 말야. 어제 새 팀 연습실로 찾아갔는데, 다른 멤버 형들이랑 큰 소리로 다투더라. 다른 형들은 안 된다 그러고, 진구 형은 왜 안 되냐고 하고……. 괜히 나한테 화내는 거 있지! 가래! 다시는 찾아오지 말래! 칫! 그야 내 맘이라고 해줬어. 잘했지? 헤헤."

바보 같은 계집애. 제발 정신 좀 차려라.

"그래서 너 지금까지 어디서 잤는데?"

나는 그 애의 헛소리가 듣기 싫어서 그렇게 물었다.

"여기저기."

"여기저기 어디?"

"음, 넌 모르는 데. 어제는 저 밴드 형들하고 연습실에서 잤어!"

"너 미쳤어?"

나는 나도 모르게 버럭 소리를 질렀다.

그 때 내인이 갑자기 내 손을 잡았다.

"진구 형 얘기하니까 보고 싶다. 진구 형 춤은 달라. 그건 예술이야. 진구 형만이 할 수 있는 예술! 그건 테크닉하곤 달라. 아우라가 있거든. 아우라 알지? 진짜만 가지는 힘. 나는 봤어. 진구 형의 나인틴은 그냥 회전이 아니야. 지구를 한 손에 들고 뱅글뱅글 돌리는 거지. 나도 언젠가는 그러고 싶어. 지구를 들고 돌리고 싶어. 헤헤헤."

나는 그 애를, 바보 같고 한심하고 게다가 오진구에게 목을 매는 그 애를 자꾸 안아주고 싶었다. 아, 이건 너무 끔찍한 상상이다.

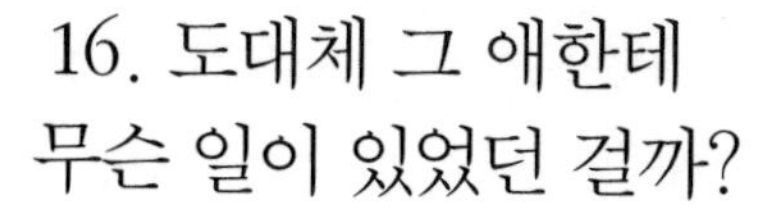

16. 도대체 그 애한테 무슨 일이 있었던 걸까?

일곱 시쯤 연습실에 갔더니(아, 그놈의 일곱 시는 아직도 약발이 있다) 내인과 도형이 있었다. 대체 뭔 짓들을 했는지 과자 봉지에 음료수, 치킨 상자, 찢어진 스케치북은 또 뭐고, 난장판이 따로 없었다. 게다가 캠코더까지 연결해놓고 그 동안 모아놓은 팀 공연 테이프를 감았다 풀었다 하는 중이었다.

애긴즉슨 청소년연맹에서 주최하는 전국청소년대중예술경연대회(이름도 길고 거창하여라)가 다음주 토요일에 있다, 거기에 나가자, 팀 이름도 정했다, 배틀 마스터! 벌써 인터넷으로 신청서도 보냈다, 그리고 시간에 맞춰 안무도 짰다, 그러니까 나는 연습만 하면 된다는 거였다. 다음주 내내 기말고산데 지금 나보고 거기 나가라는 얘기다. 나를 죽일 셈이다, 이 둘은.

"우리 셋이 대박 내면 되잖아."

"빙고! 그럼 몽구스도 다시 뭉치는 거지! 푸하하하."

아, 이들은 야망이 크다. 그러나 난 싫다. 이대로도 기말고사를 망칠 게 뻔한데 거기다 대회 준비까지 하자고? 아예 꿀찌를 하라고 고사를 지내지. 그리고 몽구스는 이미 끝났다.

"정 나가고 싶으면 너희 둘이 나가! 난 싫어!"

나는 딱 잘라 말했다.

"내 말 못 들었어? 난 안 나가! 그리고 몽구스도 접을 거야!"

그러나 이것들은 내 말에는 신경도 안 쓴다. 자기들끼리 키득대며 스케치북을 들여다보고, 일어나서 동작을 맞춘다.

"웃기시네. 니가? 너 모르나 본데, 너는 춤 없이 못 살아! 그걸 댄스홀릭이라고 하는 거거든! 우째 너만 모르냐? 내 눈에도 훤히 보이는데, 쯧쯧!"

도형이 나를 돌아보지도 않고 혀를 찬다.

누가? 내가? 말도 안 된다. 난 절대 그렇지 않다. 춤은 그냥 취미다. 춤 때문에 망하는 짓 따위는 절대 안 한다. 절대 안 할 거다. 안 해! 절대로 안 해! 그런데 내가 왜 지금 여기 있는 거지? 이것들 두고 그냥 나가면 되는데. 아, 정말 괴롭다.

처음에는 내인이 "아빠!" 하는 소리를 알아듣지 못했다. 나는 벌렁 누워 있었고, 내인은 그 때 프리즈를 하느라고 어깨를 바닥에 댄 채 거꾸로 서 있었다. 도형은 땀에 전 티셔츠를 벗고 세면대 구석에서 요란한 소리를 내며 세수를 하고 있었다.

내인이 '아빠'라고 부른 사람이 구두를 신은 채 연습실로 들어왔다. 말쑥한 차림이었다. 뚜벅뚜벅 구두 소리가 연습실에 울렸다. 내인의 아빠는 뒷짐을 지고 연습실을 한 바퀴 빙 돌았다.

도형은 허겁지겁 티셔츠를 주워 입었고, 나는 어물쩍 일어나 교무실로 불려갔을 때처럼 서 있었다.

내인의 아빠가 도형과 나를 손짓으로 불렀다.

"자네들, 여기서 뭐 하나?"

그 말이 의미하는 바가 뭔지 알 수 없었다. 그래서 우리는 서로 눈빛을 교환했지만 아무 대답도 하지 못했다.

"혹시 자네들, 내 말이 안 들리나?"

우리가 바보가 아닌 다음에야 내인의 아빠가 우리를 비웃고 있다는 걸, 죄인 다루듯 비꼬고 있다는 걸 모를 리 없었다.

"아, 예. 여기는 저희 연습실인데요. 어, 춤을 추고요. 그리고 오늘은 특별히 배틀에 나갈……."

도형이 더듬더듬 대답했다.

"아빠, 그만 하세요! 나가요, 우리. 나가서 얘기해요."

"넌 좀 조용히 해라. 아직 이 친구들 얘기가 안 끝났잖니."

"아빠, 제발!"

내인의 아빠가 내인을 향해 얼굴을 돌렸다. 순간적으로 내인의 표정이 얼어붙었다.

"그래, 자네들! 우리 아이랑 어떤 사인가?"

내인의 아빠가 도형의 눈을 똑바로 응시하며 물었다.

"아, 그게, 아니, 저희는 그냥……."

도형은 거의 정신없이 더듬는다. 바보 같은 놈, 뭘 잘못했다고 덜덜 떨고 그래. 나는 내인의 아빠가 무섭지 않다. 저런 부류의 어른들이란 자신이 열등하다고 낙인찍은 아이들을 경멸한다. 꼬리를 내리고 우물거릴수록 그 꼬리까지 밟고 싶어한다. 그러므로 강하게, 대차게 나가서 만만한 놈이 아니라는 걸 보여줘야 한다. 물론 가시를 적당히 가리는 예의는 지켜줘야 하지만.

"제가 말씀드리죠. 여기는 몽구스라는 비보잉 팀 연습실입니다. 내인이가 저희 팀에 들어오고 싶어했지만 아직 확실히 결정되지는 않았습니다. 저희 팀 사정이 있어 미정입니다. 그리고 왜 여기까지 찾아오셨는지 짐작이 갑니다. 내인이가 가출했다는 거 알고 있습니다. 어제 만나서 알았습니다. 더 궁금하신 거 있으십니까?"

나는 내가 듣기에도 놀라울 만큼 침착한 목소리로 또박또박 대답했다. 너무도 흡족하게.

"그래? 그럼 자네가 그 뭐라나, 지구를 돌린다는 비보이 나인인가?"

나는 잠깐 말문이 막혔다. 그렇지만 금방 정신을 가다듬었다.

"아뇨, 저는 비보이 나인의 동생입니다."

"오, 그래! 그럼 자네도 지구를 돌리나?"

내인의 아빠가 말끝에 입꼬리를 살짝 비틀며 웃었다.

"자네는 그런 짓을 할 것 같아 보이지는 않는군."

내 주먹이 부르르 떨렸다. 아, 저런 사람이 내인의 아빠라니!

그 때 내인이 끼어들었다.

"제발 가요, 아빠!"

"아직 용건이 안 끝났다고 했을 텐데……."

저건 왜 저렇게 기어들어가는 목소리로 쩔쩔매는 거야? 평소에 기고만장 날뛰던 진내인은 대체 어디로 가고. 나는 속이 부글부글 끓었다.

"내가 자네들만했을 때는 하루가 스물네 시간이라는 게 정말이지 안타까웠네. 책상 앞에 앉아 잠깐 공부한 것 같은데 훤히 날이 밝아오니 말이야. 내가 왜 이런 말을 하냐면, 지금 자네들이 여기서 이러고 있을 때가 아니라는 거지. 다른 아이들은 지금 뭘 하고 있겠나? 그걸 생각해봐! 자네들이 이렇게 땅속으로 기어 내려올 때 다른 아이들은 앞으로 맹렬히 달려가고 있다고! 물론 자네들 스스로 이렇게 살고 싶어서 안달이 났다면야 할 수 없지만 말이네."

저런 말을 아무렇지도 않게 하다니.

도대체 저 사람의 정체는 뭘까? 나는 강한 의구심이 일었다.

"아저씨!"

도형이 놀라서 나를 힐끗 쳐다보는 게 느껴졌다.

"그런 말씀을 지금 왜 저희한테 하시는 거죠?"

도형이 내 팔을 잡아당겼다.

"그리고 그 구두 좀 벗어 주시죠! 벗고 들어와야 하거든요."

내 말이 끝나기가 무섭게 내인의 아빠의 손이 내 뺨을 철썩! 후려쳤다.

그 때 예상치 못했던 일이 벌어졌다. 저만치 서 있던 내인이 풀썩 쓰러진 것이다. 마치 누군가 손으로 눌러 꺼버린 촛불처럼 그 애가 꺼져버렸다.

"내인아! 내인아!"

내인의 아빠가 그 애의 어깨를 붙잡고 흔들었다. 조금 전까지 고압적인 자세로 우리를 비아냥거리던 남자는 어디론가 사라지고 없었다.

"어, 어, 어."

도형이 내인이 쪽으로 황급히 뛰어갔다. 나는 그대로 얼어붙은 것처럼 한 발짝도 움직일 수 없었다.

"야, 진내인! 진내인! 어떡하지? 몽구야, 어떡해?"

호들갑을 떨며 도형이 나를 돌아봤다.

나는 아무 말도 할 수가 없었다.

정신없이 주머니를 뒤지던 내인의 아빠가 휴대폰을 꺼내 어디론가 전화를 걸었다. 도형이 그 애가 입고 있던 긴팔 티셔츠 소매를 무심코 걷어올렸다. 악! 저건!

그 애의 아빠가 도형을 밀쳐내고 재빨리 소매를 내렸지만, 그건 분명 타박상의 흔적이었다. 그것도 어마어마한.

도대체 그 애한테 무슨 일이 있었던 걸까?

나는 축 늘어진 그 애를 업고 허둥지둥 연습실을 빠져나가는 한 남자를 멍하니 바라보고 있었다.

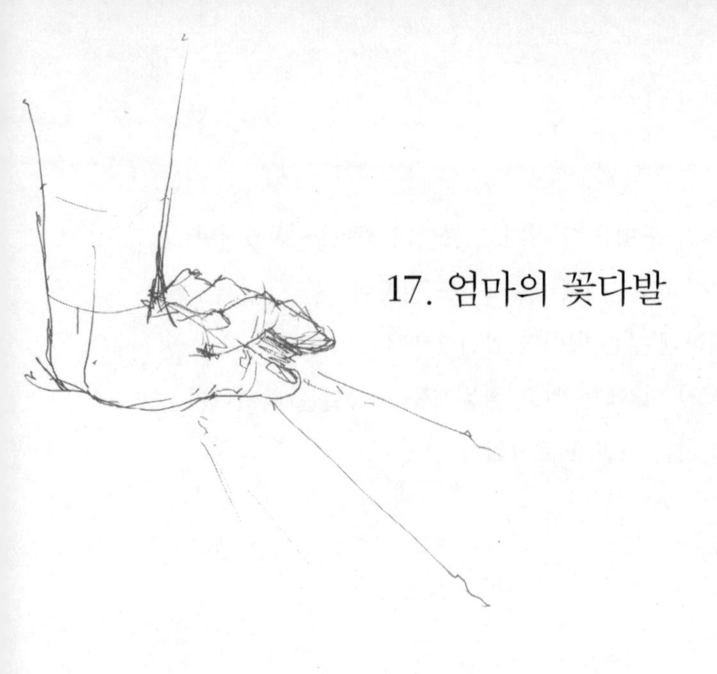

17. 엄마의 꽃다발

연습실에서 기절한 채 업혀 나간 그 애는 몇 시간 후 도형에게 문자 메시지를 보냈다.

'나 괜찮으니까 걱정하지 마! 그리고 미안해!'

도형은 그 메시지를 보고 훌쩍거렸다.

"아, 이거 비극이다, 비극!"

"시끄러! 입 다물고 있어!"

도형은 내 말에 아랑곳하지 않고 휴대폰을 집어던지며 소리 질렀다.

"아, 젠장! 아, 씨발!"

씨발!

도형이 뱉는 욕지거리가 그렇게 시원할 수가 없었다. 욕이란 어쩌면 이런 순간을 위해 생겨난 건지도 모르겠다. 치가 떨리게 한심한 나 스스로를 한 방 먹이고 싶은, 그런 때를 위해서 말이다.

'배틀 마스터, 나가자 우리.'

내가 한밤중에 도형에게 문자를 보내자 곧바로 답이 왔다.

'오케이.'

그 날 이후 도형과 나는 약속이라도 한 듯 그 애 얘기를 꺼내지 않았다. 오로지 배틀 마스터 안무 얘기 외에는 아무 말도 하지 않았다.

뜨겁고 무거운 머릿속을 깨끗이 비우기 위해서, 아무것도 할 수 없는 한심한 나를 위해서, 그 애의 변덕과 심통과 못된 성질머리를 위해서 우리는 싸웠다.

배틀 마스터 안무를 두고 도형과 나는 계속 으르렁거렸다.

"자식, 나는 그 때 체어 프리즈[25] 턴 할 거잖아. 넌 핸드 글라이더 꽂고 난 체어 프리즈 턴 하고. 그게 배틀 마스터 하이라이트라고 몇 번을 읊어야 입력이 되냐?"

"왜 꼭 그거야?"

"자식, 용량이 좀 되는 줄 알았더니. 비보이 몽! 너 나보고 그랬지? 자꾸 안 하고 싶은 거, 그걸 꼭 해야 다음 무브로 넘어갈 수 있다고. 그래, 니 말이 맞아. 한 번 엎어졌다고 영원히 엎으려고 하는 거, 그게 니가 이번에 꼭, 기필코, 핸드 글라이더를 꽂아야 하는 이유야! 꽝꽝! 통과!"

나는 계속 엎어지고 팔꿈치를 찧었다. 몇 달 굶었으니 핸드 글라이더가 될 리 없다. 한 팔로 중심 잡기도 힘들다. 도는 거야 당연하고. 이런 망할! 한 시간 내내 엎어진 끝에 간신히 중심을 잡을 수 있었다. 그래도 여전히 회전은 어림도 없었다.

"양파망 끼고 하든가!"

어디서 가져왔는지 도형이 손바닥만한 양파망을 내밀었다. 양파망이 회전력을 높이기야 한다. 문제는 내가 아직 내 몸의 균형을 제대로 유지할 수 없다는 거다.

나는 월요일 저녁부터 팔꿈치와 손목에 아대를 차고 맨소래담 스프레이를 열심히 뿌려대며 핸드 글라이더와 싸웠다. 너는 이제부터 나의 적이다. 일단 너부터 해치우겠다. 하지만 로빈도 어려웠다. 어정쩡하게 흉내만 내는 게 아니라 온몸을 일자로 곧게 뻗고 평형을 유지하며 같은 속도로 도는 완벽한 로빈 말이다. 그래도 나는 계속 매달렸다. 눈앞에 어른거리는 그 애 얼굴을 밀쳐내며 매달렸다. 그러자 어느 날부터인가 꿈속에서도 핸드 글라이더를 하기 시작했고, 하루 두 시간이라고 약속한 연습 시간은 자정을 넘기기 일쑤였다. 덕분에 기말고사는 죽을 쑤고 있었다. 그런데도 나는 연습을 멈출 수가 없었다. 아니, 오히려 더 열을 냈다. 코미디처럼 시험지 위로 주르르 코피가 쏟아졌다.

기말고사가 끝나도록 그 애와는 연락이 되지 않았다. 전화도 안 받고 싸이 홈피도 닫혔다. 나쁜 기집애, 도대체 살아 있기는 한 거야! 그 애 생각만 하면 거의 미칠 지경이었다.

도형은 연습하는 나를 보고 무서워 죽겠다며 덜덜 떠는 시늉을 했다.

"야, 너 그러다 진짜로 죽어! 무슨 춤을 그렇게 무식하게 춰! 그런다고 니가 진구 형처럼 될 것 같아?"

도형은 그 사이 그 위대한 단순성을 발휘해 그 애의 일 같은 건 까맣게 잊은 모양이었다.

"시끄러워! 누가 오진구 때문에 이런대?"

"자식, 사실을 사실대로 인정해봐라! 니가 인정하든 안 하든, 그거 절대 변하지 않는 거거든. 난 진구 형 춤추는 거 보면 숨이 턱 막히더라. 아, 진구 형은 진짜 비보이야! 비보이로 태어났다니까! 진정한 리더십은 그런 건데. 존재만으로도 포스가 느껴지는 그런 거. 솔직히 승이 형한테는 그런 게 없지. 안 그래?"

바보 같은 자식! 승이 형까지 들먹일 게 뭐람!

"시끄럽다고 했지!"

"자식, 괜히 트집이야! 인정할 건 해야지! 그거 다 열등감이다. 열, 등, 감! 알아?"

"닥쳐! 안 닥치면 내가 그 입 닥치게 해줄 테니까."

내 서슬에 놀란 도형이 주춤하더니 헤벌쭉 웃고 만다. 아, 미워하기엔 너무 단순한 놈이다.

토요일 오후 한 시, 도형과 나는 경희대 크라운관의 무대 뒤쪽에 웅크리고 앉아 있다. 우리는 대회 감독과 스태프의 지시대로 리허설을 하는 중이었다. 도형은 누구를 기다리는 것처럼 계속 시계를 봤다. 그 사이 우리를 포함해 자그마치 서른세 개나 되는 팀이 무대로 나가 오 분 동안 우두커니 서 있다가 내려왔다.

부슬부슬 비가 내리는 후텁지근한 날씨에 긴팔 퓨마 트레이닝복을 입은 게 잘못이었다. 가만히 앉아만 있어도 등짝에서 주르르 땀이 흘러내렸다. 도형은 손톱을 물어뜯었다. 나는 등짝이 쑤시고 다리가 결렸다. 일주일 동안 죽도록 연습한 결과다.

기운 빼던 리허설이 끝나고 행사가 시작됐다. 축사(국회의원이라는데 장장 십 분이나 했다)와 심사위원 소개, 또 상의 종류, 특혜 등등의 설명이 이어졌다. 무대에 나가기도 전에 기절할 것 같았다. 나는 무대로 나가는 비좁은 통로 귀퉁이에 끼어 앉아 연방 땀을 훔쳤고, 도형은 한마디도 안 하고 손톱만 물어뜯고 있었다.

"괜찮아?"

"아니."

"왜?"

"그냥, 지겨워 죽겠다."

"그렇게 여기 나오자고 설레발치더니 왜?"

"자식! 솔직히 여기 나오려고 죽기 살기로 연습한 건 너다!"

도형은 말끝에 홀 안을 두리번거린다. 혜미 누나를 기다리고 있는 거다. 벌써 다른 팀 비보이와 사귀기 시작했다는 소문이 파다한데도 말이다. 저 바보! 도형은 연습하면서도 틈만 나면 휴대폰을 만지작거렸다.

"야, 야!"

그 때 도형이 내 옆구리를 쿡쿡 찌르며 턱으로 뒤쪽을 가리켰다. 1층과 2층으로 나누어진 관람석 2층 두 번째 줄에 엄마가 앉아 있었다. 가슴에 커다란 꽃다발을 끌어안고 주위를 두리번거린다. 나는 얼른 고개를 돌렸다.

"너희 형 보러 오셨나 봐. 나 가서 인사하고 올게."

"형?"

"니가 또 발끈할까 봐 말 안 했는데, 팸플릿 보니까 진구 형 팀이 게스트로 나오더라고……."

도형이 내 눈치를 보며 말했다.

"가만히 있어!"

"어차피 우리 무대 나가면 다 보실 텐데?"

"시끄러워, 앉아! 조용히 앉아서 계속 손톱이나 물어뜯어. 안 그럼 나 이대로 나가버릴 테니까."

"알았어. 알았으니까 진정해!"

엄마의 출현은 나와는 상관없는 일이다. 먼저 알아본다면 모를까, 가서 인사를 할 필요는 없다. 나를 보러 온 게 아니다. 오로지 자랑스러운 엄마의 아들, 오진구를 보러 온 거지.

나는 등받이 깊숙이 엉덩이를 밀어넣었다. 오진구가 팀을

옮긴 이후로 나는 한 번도 오진구와 연락을 한 적이 없다. 할 이유도 없고.

엄마를 본 순간부터 시간이 찰칵찰칵 빠른 속도로 흘러갔다. 그러나 엄마는 끝까지 나와 도형을 찾아오지 않았다. 입구에서 나눠주는 팸플릿을 한 번만 들춰봤어도 참가 팀 명단과 프로필 사진에서 도형과 나를 봤을 텐데.

드디어 본격적인 대회가 시작됐다. 무용단처럼 단체로 옷을 맞춰 입은 여자애들이 우르르 나왔다. 연두색 타이즈에 무지개색 소매 없는 원피스. 유치원 학예회 같다.

나는 팸플릿을 건성건성 넘겨봤다. 연기, 뮤지컬, 재즈 댄스, 독무, 마임, 팝핑, 힙합 댄스. 각양각색이다.

특별 게스트 '이현석과 아이들'.

나는 다리를 벌린 채 팔짱을 끼고 서 있는 오진구의 사진을 뚫어져라 들여다봤다.

나는 중간에 게스트 공연이 있을 때까지 꼼짝 않고 앉아 있었다.

오진구가 나왔다. 오진구의 무대는 익히 알고 있던 대로 화려했다. 박수가 쏟아졌고 환호가 터졌다. 그리고 예상한 대로 엄마가 꽃다발을 들고 무대 앞으로 갔다. 오진구는 희희낙락 꽃다발을 안고 흔들었다. 대스타라도 되는 양. 역겨웠다.

"여러분, 이분이 저의 마마입니다. 저는 마마를 사랑합니다! 사랑합니다!"

오진구는 소리쳤고, 나는 앉아서 그 모습을 지켜봤다. 엄마를 얼싸안은 오진구가 내가 앉아 있는 곳과 반대쪽 통로로 사라지는 것까지. 그래서 나와 도형의 차례가 되었을 때는 엄마도 오진구도 거기 없었다. 옆에 앉은 애들과 수다를 떠는 참가자들과 그들의 친구, 그들의 부모만 있었다.

"15번 배틀 마스터! 두 명의 멋진 남자를 소개합니다. 두 사람 다 고1이라네요."

우리는 무대로 나갔다. 음악이 3, 4초 정도 밀려서 나왔다. 린 콜린스의 「마마 필굿」. 나는 도형을 보고 씩 웃었다. 도형도 나를 보고 씩 웃었다.

혜미 누나 잊어라! 세상은 넓고 여자는 많고, 무대는 넓다.

그건 나한테도 필요한 말이었다. 진내인은 진내인이고, 나는 나다. 난 원래 이런 놈이다. 남의 일에 상관 안 하는 놈!

도형과 나는 등을 맞대고 서서 트레이닝복 윗도리 지퍼를 올렸다 내렸다 하다가 동시에 벗어던졌다.

"와하하하!"

웃음이 터졌다. 그리고 그게 우리 무대의 시작이었다. 이어지는 도형의 백 텀블링과 파워풀한 탑락.

"와!"

바로 반응이 왔다. 그래, 하지만 꼭 누가 봐야 하는 건 아니다. 누구를 위해서 추는 것도 아니다.

내 차례다. 토마스, 윈드밀, 코핀! 스핀 속도가 빠르지는 않았지만 헝클어질 정도는 아니다. 문제는 마지막, 그놈의 핸드 글라이더다. 도형과 나는 나란히 서서 탑락 스텝을 밟다가 호흡을 맞춰 동시에 나는 핸드 글라이더, 도형은 체어 프리즈 턴을 시도했다.

나는 바닥을 짚고 팔꿈치에 무게중심을 실었다. 다른 손으로는 바닥을 쳤다. 멋지게 돌고 싶었다. 오로지 오몽구 나 자신을 위해서. 내 몸이 빙그르르 회전을 했다.

"와아아아! 와아아아!"

엄마의 꽃다발은 오진구, 니가 다 가져라. 나는 이제부터 혼자다. 누구도 필요없다.

나는 공중에 뜬 손을 펼쳐 새처럼 날갯짓을 했다. 아, 나는 날아간다. 구름의 터널을 뚫고 태양을 향해, 솟아오른다. 세상 끝까지.

"와아아아!"

나는 숨을 헐떡이며 일어났다.

"정말 멋진 무대였습니다. 그런데 여러분, 보셨습니까? 배틀 마스터 티셔츠에 '노 러브 노 글로리'라고 써 있는 거. 사랑 없이는 영광도 없다! 이거 이거 대박입니다, 대박! 하하하."

사회자가 뛰어나왔다. 도형을 끌어안고,

"멋집니다, 멋져!"

하고 너스레를 떨었다.

나는 멋쩍게 서서 사회자와 도형을 보고 있었다.

"잠깐만요! 저기, 우리 키다리 학생은 꽃다발부터 받으시죠!"

나는 사회자의 시선을 따라갔다.

거기, 엄마가 있었다.

"몽구야!"

엄마는 나를 향해 꽃다발을 내밀었다.

그러나 나는 받지 않았다. 그건 나를 위해 준비한 게 아니었다. 오진구한테 준 걸 이제 와서 다시 내밀다니. 나는 뒤돌아서서 무대 뒷문으로 천천히 걸어갔다.

나를 부르는 엄마의 목소리와

"우리 학생이 부끄러운가 봅니다. 여러분, 박수! 박수!"

하고 외치는 사회자의 목소리가 내 뒤에서 계속 뒤섞이고 있었지만 나는 끝까지 돌아보지 않았다.

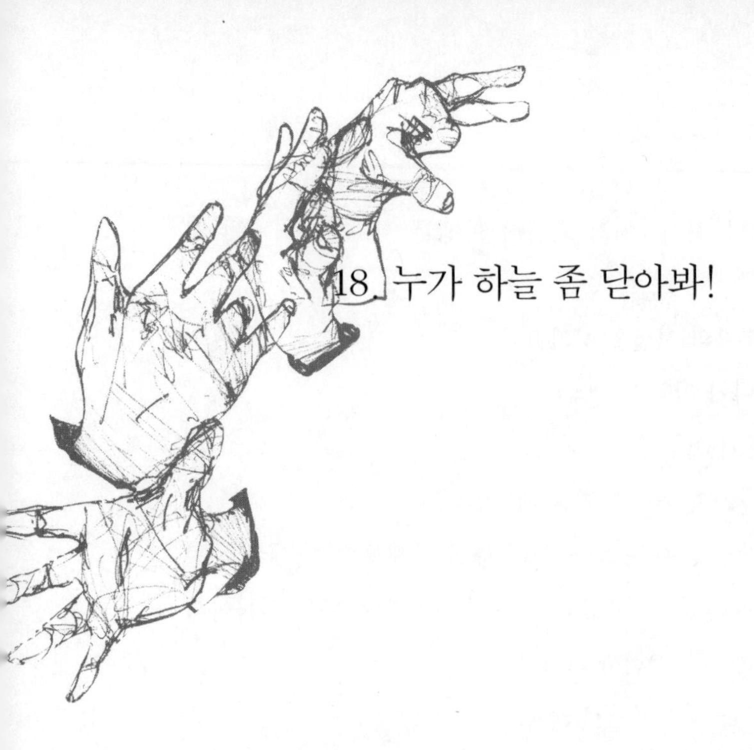

18. 누가 하늘 좀 닫아봐!

며칠째 비가 온다. 뉴스에선 장마라고 한다. 한반도 남쪽 해상까지 올라온 북태평양의 무덥고 습한 공기 덩어리의 세력이 강해졌다 약해졌다를 반복한다고 한다.

"필섭 형이 전화했더라. 팀명 바꾸고 새 멤버 영입해서 새로 팀 만든대. 나한테 합류하고 싶으면 해도 좋대. 그리고 보티 예선 준비한대. 넌 어떻게 할래?"

도형은 상상할 수 없을 만큼 얌전한 목소리로 말했다.

나는 요즘 덫에 걸린 것처럼 허둥대고 있다. 그 날 무대에서 느꼈던 뭐라 말할 수 없는 뜨거움이 자꾸 나를 집어삼켰다. 이러다 정말 춤에 목매는 어리석은 오몽구가 될 것 같았다. 아, 제길! 가만히 있어도 심장이 벌렁벌렁 뛰었다. 연습이라도 하지 않으면 감당할 수가 없었다. 왜 이 모양이 됐는지 모르겠다.

이건 그 애 때문만이 아니었다. 오진구 때문만도 아니었다. 그 날 무대 위에서 느낀 그 비상! 그 뜨거움! 바로 그게 문제였다.

나는 망설이다 영진 형을 만나러 미용학원으로 갔다. 영진 형이라면 내가 지금 어떻게 해야 하는지……. 아니, 그냥 정말로 영진 형이 보고 싶었다.

나는 복도 양쪽으로 이어진 교실을 기웃거리며 영진 형을 찾았다. 독한 약품 냄새가 복도에 둥둥 떠다닌다. 영진 형은 A1이라는 팻말이 붙어 있는 교실에 있었다. 나와 눈이 마주친 형이 가운을 벗고 나왔다. 그 사이 부쩍 해쓱해졌다.

"형! 그 동안 잘 지내셨어요?"

나는 아주 어색하게 목소리를 높였다.

"너, 내 소문 못 들었냐? 박승이랑 찢어진 서영진, 가위 들고 설치다. 소문 파다할 텐데."

"형……."

"야, 야! 내 헤어 스타일 어떠냐? 이게 호일 펌이라는 거거든. 더럽게 아프더라."

"형, 제발!"

나는 영진 형의 팔을 잡았다.

"제발, 뭐? 나는 헤어 디자이너의 길을 갈 거야. 이게 딱 내 적성인가 봐!"

"형! 꼭 이래야겠어? 이건 아니야, 이건 정말 아니거든."

"오버하지 마라, 오몽구! 다 끝났어. 어차피 몽구스는 끝이야. 너 모르냐? 진구 없는 몽구스, 그거 끝이야! 차라리 필섭이 말대로 개명하고 다시 시작하는 게 나을걸. 넌 정 안 내키면 다른 팀으로 옮겨. 널린 게 비보이 팀인데 뭔 걱정이냐? 그리고 다시는 나 찾아오지 마……. 나도 괴롭다. 나란 놈은 왜 이렇게 생겨먹었는지, 도대체 왜 이러는 건지, 뭐가 잘못된 건지, 앞으로 어떻게 살 건지……."

"씨발, 왜 그래? 형은 정상이야, 정상! 누가 뭐라고 해도 지극히 정상이라고, 알아?"

나는 후닥닥 계단을 뛰어내려갔다. 내 입에서 갑자기 그런 말이 왜 튀어나왔는지 모르겠다.

밖에는 부슬부슬 비가 내리고 있었다.

나는 나도 모르게 승이 형이 있다는 나이트클럽으로 향했다. 승이 형의 얼굴을 똑바로 쳐다볼 수 있을지, 무슨 말을 해야 할지 막막했지만.

지하 나이트클럽의 긴 계단을 내려가자 조명이 꺼진 텅 빈 홀에 승이 형이 있었다.

웨이터 옷을 입고 비질을 하는 승이 형! 뒷모습이었지만, 승이 형이 분명했다.

그 때 홀 저쪽에서 누군가

"막둥이, 너 이 새끼 빨랑 튀어와! 지금 이걸 청소라고 한 거야!"

하고 악을 썼다.

"예, 예! 갑니다. 지금 갑니다!"

빗자루를 든 승이 형이 헐레벌떡 홀 저쪽으로 뛰어들어갔다.

눈물이 핑 돌았다. 대체 왜들 이래? 왜! 왜!

나는 뒤돌아서 길고 어두운 계단을 성큼성큼 뛰어올라갔다.

뒤집어놓은 화분에서 열쇠를 꺼내 연습실 문을 열었다.

불을 켜자 연습실이 환하게 드러났다. 조금 더 지저분해졌다는 것만 빼면 그대로였다. 승이 형이 붙여놓은 연습 시간 사수 종이, 내가 승이 형을 때렸던 지각매, 군데군데 테이프로 붙여놓은 찢어진 장판, 도형이가 퍼질러 자던 푹 꺼진 소파…….

아, 그냥 끝을 인정하면 된다. 오진구와 박승과 서영진이 떠난 몽구스는 존재할 수 없다는 걸 인정하면 된다. 나는, 나는……. 모르겠다. 정말 모르겠다. 내가 왜 이렇게 미친 듯이 춤을 추고 싶은지. 나는 한 번도 이런 식으로 춤을 추고 싶었던 적이 없었다. 뜨거움 때문이라니! 그게 무슨 이유가 되나? 이게 무슨 대책 없는 짓이람! 앞으로 어떻게 하려고, 공부는 아예 포기하려고? 적당히, 적당히 하기로 했는데 이게 무슨 미친 짓인지 모르겠다. 이건 분명 미친 짓이다. 결정적으로 나는 오진구 같은 무식한 투지도 재능도 오기도 없다. 그런데 왜? 왜! 그걸 잘 알면서, 이 무모한 짓이 왜 자꾸, 미치도록 하고 싶을까?

그러나 나는 이미 미쳐버렸는지도 모른다.

나는 벌떡 일어나 음악을 틀었다.

닥터 드레의 「넥스트 에피소드」가 나온다. 천천히 리듬에 몸을 맡긴다. 귀를 열고, 내 몸이 원하는 대로 간다.

"오, 이게 누구야!"

그 때 정필섭과 처음 보는 얼굴 몇이 들어왔다.

"허접한 대회서 상 받더니, 우리 비보이 몽이 연습에 불을 당기네! 흐흐흐."

들어오자마자 시비부터 건다.

나는 대답하지 않았다.

중간중간 프리즈를 한다. 어깨로, 한쪽 다리를 잡고, 허리를 꺾어 넘기고……. 프리즈야말로 비보이를 구별시켜 주는 무브다. 누구와도 다른 프리즈! 그게 필요하다.

"오! 재가 비보이 나인 동생이야?"

"제법 길 따라 가는데……."

"야, 야! 술이나 먹어."

연습실에 술판을 벌인 정필섭 일행.

나는 여섯 스텝을 다 돌고, 변형을 주고 다시 프리즈를 한다. 등판이 축축하고 목이 타고 바닥에 뚝뚝 땀이 떨어진다. 나는 머리로 서는 헤드 프리즈를 시도한다. 양다리를 브이 자로 곧게 편다.

"몽, 그만 하고 가라! 형님들 조용히 술 좀 먹자."

"나가서 마셔! 연습실에서 술 못 먹는 거 몰라?"

나는 벌떡 일어나 벌컥벌컥 물을 마셨다.

"어쭈! 덤비시겠다? 아그야, 그거야 이 형님들 마음이거든. 조용히 연습하든지 나가든지 둘 중에 하나 해라."

"그렇게는 못하겠는데?"

나는 정필섭의 얼굴을 빤히 봤다.

정필섭이 손가락을 머리에 대고 빙빙 돌린다.

나는 피식 웃었다. 연습실이 떠나갈 듯 볼륨을 높였다. 빵빵하게 울려대는 음악. 발이 저절로 움직인다. 오오 업! 업! 원 투 스리 포, 업! 업! 음악 소리 외에는 아무 소리도 들리지 않는다. 온몸에 찌릿찌릿 전기가 온다.

갑자기 연습실 문이 벌컥 열린다. 엄마다.

"아이고, 내가 이럴 줄 알았다니까! 아무리 전화를 해도 안 받더니. 니가 지금 제정신이냐? 비가 억수같이 오는데 여기서 지금 그 짓을 하고 있으면 어쩌자는 거냐?"

나는 무슨 말인지 언뜻 이해가 되지 않았다. 그리고 그제야 부서질 듯 울려대는 빗소리가 내 귀에 들렸다.

술에 취한 정필섭과 다른 녀석들도 일어나 두리번거렸다.

연습실 벽을 타고 줄줄 흘러드는 빗물.

"이놈의 하늘에 구멍이라도 났나? 다 떠내려가게 생겼다. 그런데 너란 놈은 여기서 그 꼴을 해가지고 뭐 하는 짓이냐?"

엄마는 형들이 벌여놓은 술판을 힐끗거리며 소리를 질렀다.

"어서 가자! 너희들도 술 그만 처먹고 집에 가라! 하여튼 하는 짓들이라는 게, 쯧쯧!"

그러고 보니 간이부엌 겸 세면장으로 쓰는 곳 바닥에 물이 흥건하다. 벽 귀퉁이 환기창으로도 비가 세차게 들이친다. 어째야 좋을지 갈피를 잡을 수가 없다. 그러나 분명한 건 이대로 가버리면 안 된다는 거다. 뭔가 여기를 정리하고…….

"엄마 먼저 가세요!"

"이놈이 말귀를 못 알아들어! 지금 하늘에 빵꾸 났다고. 알아들었냐?"

"알아들었어요! 아주 잘 알아들었다고요. 그러니까 먼저 가. 난 여기 좀 치우고……."

"아니, 못 가겠다는 이유가 그거냐? 여길 치우고 간다고?"

엄마는 혀를 차며 연습실을 둘러봤다.

"이 돼지우리를 치워서 뭐 하게? 다 내다버려도 시원찮은 것들뿐인데."

"그러니까 가! 이 돼지우리는 내가 치울 테니까!"

나는 꽥 소리를 질렀다.

"뭐가 어째?"

나는 일단 구석에 있는 담요를 갖다 물이 올라오는 세면장 바닥에 깔고, 연습실 바닥에 너부러져 있는 운동화며 옷가지들을 소파 위로 옮겼다. 그 때까지 엉거주춤 서 있던 정필섭과 일행이 우르르 나갔다.

"쯧쯧쯧!"

엄마는 정필섭 일행의 뒤통수에다 대고 혀를 찼다.

"가! 먼저 가라는데 왜 그래?"

내 말에 엄마는 아예 털썩 주저앉아 통곡을 한다.

"니가 대체 왜 이렇게 됐냐? 아이고, 아이고!"

"언제부터 날 걱정했다고 난리야! 내가 말했지? 나 좀 그냥 내버려두라고!"

나는 바락바락 소리를 질렀다.

"그렇게 지 앞가림만 하고 살았으면 계속 쭉 그럴 것이지, 이제 와서 뭔 춤을 춘다고 사람 속을 이렇게 활딱 뒤집냐? 너희 못난 형, 사람 노릇 못 하고 삐뚤어질까 봐 발 한번 편히 뻗고 자본 적이 없는데……. 이제 그놈이 사람 노릇 하고 사는가 싶으니까 니가, 이번에는 니가 뒤통수를 때리냐? 저놈은 태산이 무너져도 지 밥그릇 챙길 놈이라고 마음 턱 놓고 있었는데. 이제 와서 니가 나를 이렇게 기절초풍하게 만들어, 이놈아! 이 썩을 놈아!"

"나한테 왜 이러는 건데? 내가 뭘 어쨌다고 이래? 엄마야말로 이제 와서 나한테 왜 그래? 엄마는 언제나 오진구가 먼저였어. 나한테 관심이나 있었냐고? 늘 진구! 우리 진구! 진구!"

"그래, 그랬다. 진구가 사람 노릇 해야 잘난 니놈한테 형 대접 받지 싶어 그랬다. 차라리 니가 형이고 진구가 동생이었다면 내가 이렇게까지 속이 썩어 문드러지지는 않았을 거다!"

"누가 잘났는데? 내가? 엄마야말로 착각하지 마. 나 엉망진

창이거든. 그러니까 엄마 소원대로 됐다구. 오몽구 못난 놈 됐으니까 이제 걱정하지 말라구! 제발 나 좀 가만 내버려둬. 내버려두라고!"

"아이고, 저놈을 어째야 좋을까. 저놈을 어째야 좋아!"

하늘이 뚫어져라 들이붓는 빗소리가 엄마와 내가 서 있는 연습실로 쑥쑥 내려왔다.

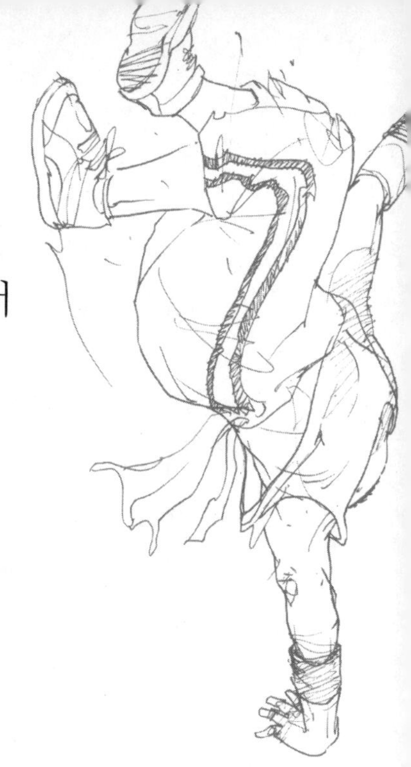

19. 길거리 댄서

비는 사흘 동안 계속됐다. 그 날 밤 같은 폭우는 아니었지만 지하실에 물이 차고 골목에는 어디선가 떠밀려온 쓰레기들이 굴러다녔다. 당연히 연습실은 사용할 수 없었다. 춤을 추고 싶은데 어디고 춤출 데가 없었다.

승이 형을 보러 가지 말았어야 했다. 최소한 박승이 웨이터 막둥이라는 건 몰랐어야 했다. 박승에서 서영진으로, 서영진에서 진내인으로 내 머릿속은 복잡하게 뒤엉켰다. 항상 마지막은 그 애였다.

괜찮을까? 도대체 그 애한테 무슨 일이 있었던 걸까. 그 애 생각만 하면 숨이 막혀 그대로 죽을 것만 같았다. 병신처럼 바닥에 엎어져 울기도 했다. 가슴 저 밑바닥에서 울음이, 목구멍 밖으로 자꾸 기어 나왔다.

'씨발! 울고 지랄이야.'

입을 틀어막아도 그놈을 막지 못했다. 차라리 죽고 싶었다.

"몽구야, 어디 아프냐? 왜 통 밥을 못 먹냐?"

아빠는 묻고.

"아이고, 내가 못살아! 못살아!"

엄마는 돌아서서 팽 눈물을 훔쳤다.

학교에서는 담임이 조용히 나를 불렀다.

"너 춤춘다며? 공부도 웬만큼 하는 것 같더니만, 아무래도 힘들지? 하긴 요샌 뭐든지 하나만 잘하면 되는 세상이니까. 열심히 춰라! 근데 너 춤은 잘 추냐?"

하고 물었다.

나는 대답 대신 히죽히죽 웃기만 했다.

"이거 뭐, 너한테 말해야 별 소용도 없는 일이겠지만 안타까워서, 나도 부모니까 그 맘 잘 알아서 하는 말인데, 너희 어머니가 벌써 세 번이나 나를 찾아오셨다. 너 좀 설득해서 다시 공부하게 해달라고. 눈물까지 보이시는데 내가 참, 가슴이 아프더라. 어디 요새 니놈 같은 녀석들 부모 말 듣냐? 하긴 나도 우리 부모님 말 안 들었는데, 누굴 나무라고 말 것도 아니다만……."

"……."

"대신 춤을 추려면 확실하게 춰! 그래야 뭐가 돼도 되는 거지, 어영부영했다간 낙동강 오리알 신세야! 내 말이 무슨 말인지 알아듣지?"

나는 고개를 주억거렸다. 그러나 나는 무슨 말인지 알아들을 수 없었다. 나는 아직 내 미래에 대해 아무것도 결정한 게 없다. 난 대체 뭐가 되고 싶은 거지? 내 꿈은 뭐지? 내가 간절히 원하는 건 뭐지?

그런 생각을 하는 사이 머릿속은 백지처럼 텅 비어갔고, 수업 시간에도 책상에 엎어져 자기 일쑤였다. 쉬는 시간이 되면 교과서 위에 눌러 붙은 얼굴을 부스스 일으켜 화장실로 달려가 양변기를 붙잡고 이유를 알 수 없는 헛구역질을 했다.

그렇게 아주 천천히 시간이 흘렀다. 문득문득 오진구가 생각났다. 그것도 아주 어린 시절, 길거리에서 코를 찔찔 흘리고 엄마를 부르면서 울던 오진구가! 그런 오진구를 피해 어디론가 도망가는 내가! 오진구를 향해 달려가는 엄마가! 쫓고 쫓기는 오진구와 나와 엄마가 뱅글뱅글 내 주위를 맴돌았고 저만치 그림자처럼 그 애가 서 있었다.

어느 날 내인에게서 문자 한 통이 날아왔다.

'몽! 비 온다. 춤추고 싶다.'

나는 또 병신같이 울었다. 낯선 번호였지만 나는 그게 내인이 보낸 거라는 걸 알 수 있었다.

사흘 동안 줄창 내리는 비 때문에 도시 전체가 흐리멍덩해진 것처럼 비틀거렸다. 고작 사흘인데 지하철은 불통이고 도로엔 구멍이 뚫리고, 사람들은 신경질적으로 변했다.

"어머, 우산을 여기서 털면 어떡해?"

"왜 이렇게 많이 타는 거야?"

눈을 흘기고, 열을 냈다.

나는 그런 사람들 틈에 끼여 음악을 들으며 졸거나, 멍하게 천장을 올려다봤다.

"왜 자꾸 오는데?"

나도 내가 왜 자꾸 영진 형을 찾아가는지 모른다.

"그냥."

정말이다.

"짜식! 하는 짓이 지 형이랑 똑같다니까. 꼭 몽구스여야 되겠어?"

"아니……. 모르겠어. 나 미쳤나 봐, 형!"

나는 피식 웃었다.

"얼굴은 왜 그 모양인데? 어디 아파?"

"아니…… 그냥 뭐, 그렇지."

"그냥 뭐, 그렇지! 말하는 거 보니까 범생이 몽구가 맞긴 맞네! 참, 너 진구 소식 들었냐? 그 새끼, 완전 괴물이 됐다던데. 가서 건져와라! 진구 없는 몽구스는 몽구스가 아니지. 그 자식 안 보니까 미치게 그립다! 그 드러운 성질까지! 하하하."

"무슨 말이야?"

"그 괴물이 밤마다 압구정 길바닥에서 춤을 춘대. 그것도 이 빗속에서……. 그 새끼 팀에서 쫓겨났나 봐. 소문이 그래. 그 놈 그 성질 몽구스에서나 통하지 누가 받아주겠냐? 거기서도 지 성질대로 사사건건 이건 아니다, 저건 틀렸다, 나는 이렇게 할 거다, 왜 안 되냐! 그랬을 거야. 그 성질만 고치면 와방인데. 아무튼 꼴에 자존심은 빡세 가지고 쉽게 안 올 거다. 가봐!"

조용한 밤거리에 가늘어진 빗발이 어둠 속에서 잠깐씩 비쳤다 사라진다.

저만치 백화점 쇼윈도 앞에 오진구가 있다. 오진구가 있는 곳만 조명이 켜져 있다. 오진구는 일부러 저기를 골랐을 거다. 단단하고 매끄러운 대리석 바닥과 쇼윈도. 오진구는 늘 거울 앞에서 춤추고 싶어한다.

저기서 오진구는 혼자, 음악도 없이 춤을 추고 있다. 그 작은 몸으로 팝핑 비트를 뿜어낸다.

미친 놈! 뭐 하는 짓이야, 봐주는 사람도 없는데.

그러나 오진구는 그 어느 때보다 황홀한 표정이다. 머리를 흔들고, 온몸의 관절을 튕기고, 웨이브를 한다. 오직 세상에 남은 단 한 사람처럼.

내 가슴이 벌떡벌떡 뛰기 시작한 건 바로 그 때였다. 음악이 없어도, 보는 사람이 없어도 오진구의 춤은 눈부셨다. 내 가슴을 후벼판다. 때로는 부드럽게, 때로는 잔인하게.

아, 제길. 내가 본 오진구의 춤 중에서 제일 멋지다. 오진구는 지금 춤으로 말하고 있다.

나는 지금 아프다, 아프다. 너무 많이 아파서 피를 흘린다, 피가 멈추지 않는다.

문득 오진구가 삐끗하더니 멈춰 선다. 동시에 나도 움찔한다. 오진구가 멈추자, 빛이 사라진다. 껌껌한 텔레비전 화면처럼 견딜 수 없는 침묵이다. 목에 두른 수건을 풀어 정성스레 바닥을 닦는 오진구의 왜소한 몸…….

"왜, 구경 왔냐?"

바닥을 닦던 오진구가 말한다. 내가 있는 곳까지 오진구의 목소리가 또렷하게 날아온다.

"제길! 여기서 뭐 하는 건데?"

내 목소리가 갈라져서 나온다.

"무슨 상관이야."

오진구는 여전히 바닥을 닦는다.

"집에 가자!"

"꺼져!"

오진구가 나를 향해 수건을 집어던진다.

"내 말 안 들려? 집에 가자고!"

나는 금방이라도 울음이 터질 것 같다.

"꺼져, 새꺄!"

나는 나도 모르게 코를 훌쩍인다.

"하하하. 왜, 내가 불쌍해? 눈물이 나? 왜? 오몽구가 바라는 대로 된 걸 텐데, 웬 인심이실까?"

"뭐가 불쌍해? 세상에서 제일 잘난 놈이 뭐가 불쌍해? 길바닥에서 이러고 있으면 누가 방송에라도 내준대? 그 많은 연습실 놔두고 왜 여기서 이러는데?"

나는 또 훌쩍거렸다.

"이 새끼가 정말!"

오진구가 내게 달려들었다. 가슴을 때리고, 발길질을 했다.

"그래, 나 완전히 끝났다. 갈 데 없고 오라는 데도 없다. 그래서? 그러니까 꺼져! 그래도 몽돌이랑 놀 생각 없으니까 꺼지라고. 도형이랑 무대서 한 번 꽂히고 나니까 세상이 만만해 보이냐? 간덩이가 띵띵 부었냐?"

아, 그런데 오진구의 발길질이, 주먹질이 하나도 아프지가 않다.

"형! 가자! 가자고!"

"내가 왜 니 형인데? 언제부터 니 형인데? 왜? 내가 쫓겨났다니까 완전히 쪽박 찬 줄 알고? 천만에, 난 세상에서 제일 잘난 비보이거든. 난 어디에 있든 항상, 언제나 최고야! 너 같은 새끼가 불쌍하게 쳐다볼 놈이 아니라고. 알았어? 그러니까 꺼져!"

오진구가 이글거리는 눈으로 나를 올려다본다.

"미안해, 형!"

"으하하하! 미안하다고? 너 지금 개그하냐? 뭐가 미안한데? 나보다 잘나서 미안하냐? 나 같은 못난 형을 둬서 미안하냐? 아니면 나 망하라고 빌고 빌어서 미안하냐? 어따 대고 미안하대! 꺼져! 당장 꺼져!"

"형!"

오진구가 나를 떠밀고 내 눈을 쳐다보며 옆으로 걷는다.

"으하하하, 미안하다고! 형이라고! 차라리 덤벼라, 오몽구! 나한테 덤벼!"

오진구가 탑락 스텝을 밟는다.

"몽돌! 오몽돌, 이 새끼!"

나를 향해 총을 겨눈다.

"형!"

나를 향해 주먹을 날린다.

"난 절대 안 져! 난 절대로 안 꿇어!"

데일 것처럼 뜨거운 입김을 훅훅 토한다.

"형!"

"왜? 난 잘났으니까, 너보다 훨씬 잘났으니까! 세상에서 제일 잘난 놈이니까!"

오진구가 전갈 프리즈를 한다.

"그래, 형이 나보다 잘났어! 형이 나보다 훨씬 잘났다고! 아니, 세상에서 제일 잘난 놈이라고!"

그런데 수평으로 뻗은 오진구의 다리가 쾅! 바닥에 떨어진다. 그렇게 무너져 바닥에 엎어져서, 일어나지 않는다. 게다가 등짝이 들썩들썩, 운다. 울고 있다, 오진구가.

"다 나오라 그래! 내가 얼마나 잘난 놈인지 보여줄 테니까. 나란 놈이 얼마나 잘났는지……. 너! 열라 나 무시하는 너…… 너 이 새끼! 아직 안 끝났어! 절대 안 끝났어……. 안 끝났다고!"

오진구는 빗속에서 그렇게 울부짖었다.

20. 새로운 리더

온몸이 불덩이처럼 뜨겁다. 춥다. 이가 딱딱 부딪치고 오소소 소름이 돋는다. 입에서는 나도 모르게 끙 소리가 나온다. 나는 두꺼운 이불을 어깨까지 덮고 바들바들 떤다. 개도 안 걸린다는 여름감기, 나는 지금 그놈한테 딱 걸렸다.

그 날 길거리에 드러누운 오진구를 떠메듯 끌고 택시를 탔을 때 오진구는 택시 안에서 그대로 잠들어 버렸다. 비와 땀에 전 오진구에게서 쾨쾨한 냄새가 진동을 했다. 운전사가 "아이쿠!" 하고 창문을 열었다. 비가 들이쳤다.

나는 자꾸만 옆으로 쓰러지는 오진구의 머리를 내 어깨에 기대 놓았다. 나는 그 때 깨달았다. 오진구가 정말 비보이라는 걸. 이 꾀죄죄하고 볼품없는 놈이 나는 흉내낼 수도 없는 진짜 비보이가 되어버렸다는 걸. 오진구에게 춤은 분노였고, 슬픔이었고, 꿈이었고, 사랑이어서 이토록 오만할 수도 이토록 절망할 수도 있다는 걸. 그리고 나의 분노와 슬픔은 춤이 아니라 고작 열등감, 시기, 질투 때문이었다는 걸. 나는 오진구의 손을 잡았다. 내인이 그토록 가지고 싶어하던 오진구의 손을.

"야, 야! 괜찮아?"

나는 도형의 목소리에 눈을 떴다.

"어떻게 됐어?"

"자식! 진짜, 나 이제부터 너 다시 존경하기로 했다! 니가 진구 행님 모셔왔다며? 자식! 아이고, 이뻐라! 요게 점점 사람이 돼간단 말이야. 맘에 들어! 맘에 쏙 들어!"

도형이 내 얼굴에 키스 세례를 퍼붓는다. 피할 기운도 없다.

"어떻게 됐냐고?"

"어떻게 되긴, 필섭 형 아작 나고 당근, 진구 형님이 리더하기로 했지. 그거야 솔직히 당연한 거지. 필섭 형 손에 몽구스 맡겼다가 어쩌려고. 그래도 우리가 비보인데, 그런 것쯤은 다 필이 오지! 근데, 근데 말야, 진구 형님 오늘 지대 웃겼다. 영진 형이 목소리 착 깔고 '몽구스는 진구가 있었기에 여기까지 왔고, 앞으로도 진구가 있을 거기에 보티로 간다. 승이도 그렇게 생각할 거다' 그러니까 흑, 얼굴이, 진구 형 얼굴이 시뻘게지는 거 있지? 우하하하, 너도 그걸 봤어야 하는 건데. 진짜 구엽드만, 우리 진구 행님! 크크크, 난 영원히 진구 행님을 사랑할 거야아."

내 여름감기가 다 나을 무렵, 불타는 여름이 시작됐다.

나는 지글지글 끓는 공기 속을 허우적거리며 걸어다녔다. '너는 망했음.' 기말고사와 모의고사 성적이 내 뒤통수에 도장을 꾹 찍었다. 다행인지 불행인지 아무 느낌도 없었다. 오로지 보티 예선이 딱 보름 남았다는 사실만 초조하게 나를 압박해 왔다.

오진구와 영진 형은 승이 형을 두고 말다툼을 했다.

"그놈! 끌고 와서 열라 패야 해! 그래야 정신을 차리지!"

오진구는 흥분했고.

"제발, 모른 척해라. 꼭 돌아올 거야. 지금은 그냥 놔둬."

영진 형은 차분했다.

누구 말을 들어야 하는 건지 알 수 없었다.

오진구는 수긍할 수 없다는 표정으로 투덜대다 땀으로 미끌미끌해진 연습실 바닥에 벌렁 드러누웠다.

진내인은 아주 가끔 연습실에 나타났다가, 후닥닥 도망갔다. 진내인이 나를 보며 우물쭈물 할 말이 있는 것처럼 굴었지만 나는 외면했다.

"야, 나 내인이랑 다시 사귀어도 되냐?"

어느 날 밤 오진구가 그렇게 물었을 때, 나는 가슴이 철렁했다.

"그걸 왜 나한테 물어?"

대답은 그렇게 했다. 하지만 나는 속으로 이렇게 말했다.

내인이한테 잘해 줘! 그 애 울리면 그 때는 내가 가만 안 둘 거야.

나는 오진구가 생전 처음 보는 겸연쩍은 얼굴로 그 얘기를 꺼내기 전부터 진내인과 다시 만나고 있다는 걸 알고 있었다. 내인에게서 장문의 메일이 왔기 때문이다.

그 애한테서 온 메일은 눈 뜨고 볼 수 없을 정도로 유치찬란했다. 그러나 나는 그 유치찬란한 메일을 읽고 또 읽었다. 아코디언이 삑삑대는 배경음악이 깔린 그 유치한 메일을.

마이 베스트 프렌드 몽, 안뇽~^^

이런 말 하는 건 정말, 진짜, 무지하게 쑥스럽지만, 우리 아빠 나쁜 사람 아니야. 그 날 연습실 사건은 잊어줘! 그 때는 내가 가출을 해서 아빠가 화가 많이 난 거야. 그러니까 다 나 때문이야. 너도 알지? 내가 얼마나 웃긴 앤지. 그래서 그런 거니까, 다른 생각은 하지 말아줘. 아무것도 묻지도 말고. 설마 누구한테 얘기하지는 않았겠지? 가령 진구 형이라든가……. 아닐 거야, 그치?

그리고 진짜 빅 뉴스가 있어. 글쎄, 진구 형이 내 전화를 받았어. 나한테는 관심도 없는 줄 알았는데 말이야. 솔직히 나는 그래서 진구 형이 좋아. 내가 어떤 앤지 신경 안 써서.

날 걱정하지 않아서 진짜 좋아.

행복해. 이게 바로 행복이란 걸 거야. 그치?

내가 그 애를 위해 할 수 있는 일이란 고작 그 날 일을 잊어주는 것! 아무것도 묻지 않고 아무한테도 말하지 않는 것! 그거다. 정말 그거밖에 없다. 아니, 나란 놈이 할 수 있는 게 그거다. 나란 놈이 늘 잘해왔던 것, 남 일에 상관하지 않고 사는 것, 그거다. 그런데 그 날 본 그 애의 멍든 팔이 떠오르자 병신처럼 가슴이 아팠다. 게다가 펑크 난 타이어처럼 오진구 앞에서 내 무브는 자꾸 헛돌았다. 보티 예선이 보름도 안 남았는데 말이다.

오진구가 달라진 건지 내가 오진구를 잘못 알고 있었던 건지 모르겠다. 리더 오진구는 그야말로 학구적이다. 비보잉이 오진구를 저렇게 만들었을까? 리더 오진구는 너무도 낯설다. 오진구의 주도로 팀 퍼포먼스 음악을 선택하는 데만도 꼬박 닷새가 걸렸다. 「마마 필굿」을 주제로 그에 어울리는 다른 곡을 섞어 음악을 만들고, 음악과 어울리는 퍼포먼스의 주제를 생각해 오라는 숙제를 냈다. 나는 그런 오진구 앞에서 피가 나도록 입술만 깨물어댔다.

내가 맡은 파트는 승이 형이 맡았던, 스타일과 파워가 섞인 연기였다.

안무가 확정되자 오진구는 거의 아무 말도 하지 않았다. 누구보다 열심히 연습을 했다. 오진구의 얼굴에서 땀이 비 오듯 쏟아졌다. 그러다 저 혼자 좋아 죽겠다는 듯, 킬킬거리며 데굴데굴 연습실을 굴러다녔다.

"아, 재밌다!"

오진구와 나는 같은 시간, 같은 연습실에 있었지만 전혀 다른 세계에 속해 있었다.

도형과 나는 서로 놀려댔다.

"무리하지 마!"

"미친 거 아냐?"

"살살 해, 그러다 부서져!"

그러나 우리는 완전히 부서지길 원했다. 완전히 부서져서, 완전히 가루가 되어서 우리의 몸이, 무브가 우리를 지배하길 원했다.

"아아아아, 덥다!"

우리의 마지막 대화는 항상 그거였다.

벌컥벌컥 물을 마시던 오진구가 우리를 보면서 말했다.

"야! 그런데 너희들 웬 척을 그렇게 하냐? 신나는 척! 즐거운 척! 미친 척! 그러지 마. 진짜 보기 싫다!"

"예, 앞으로 잘하겠습니다!"

도형이 큰 소리로 대답했다.

"앞으로? 앞으로 잘한다고. 지금이 진짜가 아닌데 앞으로 어떻게 진짜가 되냐? 가짜가 오래되면, 시간 죽이면 진짜가 되냐? 그건 절대 아니야. 진짜만 진짜가 돼. 지금 가짜는 앞으로도 가짜야!"

우리는 할 말이 없었다.

나는 자주 밤에 혼자 울었다. 자려고 누우면 주르르 눈물이 나왔다. 구질구질하고 창피하게도. 그래서 누구에게도 입도 뻥끗할 수가 없었다. 싸이 홈피도 닫았다.

'지금은 오로지 비보이 몽을 연습 중입니다.'

이 메시지가 내가 싸이에 남긴 유일한 말이었다.

21. 배틀, 배틀, 배틀!

드디어 조명이 꺼지고 음악이 흐른다.

배틀 오브 더 이어!

홀은 어둠 속에서 괴성과 욕설과 휘파람으로 뒤덮인다.

총 열 팀이 육 분 퍼포먼스 후 상위 네 팀을 뽑아 토너먼트로 승부를 가린다. 통일성, 무대 매너, 창의성……. 심사 기준이 발표된다.

내가 지금 앉아 있는 곳에서 오른쪽으로 고개를 돌리면 엄마가 보이고 왼쪽으로 돌리면 내인이 보인다. 내인은 오늘 무대에 오르지 않는다. 내인은 스스로 몽구스 퍼포먼스를 망치기 싫다고 단호하게 말했다.

나는 숨을 고르고 자세를 고쳐 앉는다. 오늘의 태양은 오로지 어린이대공원 돔 아트 홀에만 그 모든 열기를 쏟아붓고 있다. 숨소리까지 훅훅 더운 김을 뿜는다. 대형 에어컨이 돌아가지만 홀 안은 용광로 속처럼 달구어져 있다. "핫! 핫! 핫!"이라고 외쳐대는 사회자의 말대로 앉아만 있어도 줄줄 땀이 흐른다.

"연습은 잘 돼가냐?"

어젯밤에 형이 내 방문을 열고 뜬금없이 그랬다.

"무슨 말이야?"

"너 지금 비보이 몽 되는 연습 한다며?"

"그래서?"

"멋있는 말이다."

"심심하면 잠이나 자!"

"동생아, 성질 죽이고 심심하면 이 형 싸이에나 놀러와."

'단순하게, 더 단순하게 즐겨라! 몽도 몽구스도 이제 시작일 뿐이다!'

형은 홈피에 그렇게 써놨다. 제길, 잘난 척하는 건 여전하다.

단순하게 즐겨라, 더 단순하게 즐겨라! 몽은 이제 시작일 뿐이다!

나는 나도 모르게 형의 주문을 외고 있었다.

"야, 열라 덥다."

도형은 팔뚝에 찍힌 TP 스탬프[27]를 문지르며 안절부절못한다.

"참아!"

"각오는 했는데, 쫄리네. 야, 저기 봐봐, 저 형들이 T.I.P지! 열라 멋있다. 아, 완전 뮤지컬이다. 저 경찰복 좀 봐봐. 어떡해, 나 지금 떨고 있냐?"

"이제 시작일 뿐이야!"

내 입에서 그 말이 튀어나왔다.

"뭐라고? 자식, 누가 진구 형 동생 아니랄까 봐! 아까 인터뷰할 때부터 확실히 진구 형, 리더 같더라."

보티가 시작되기 전, 형은 우연히 케이블 방송국 리포터와 인터뷰를 했다.

"지금부터 시작이라고 생각합니다. 몽구스를 주목해 주십시오! 세상에서 제일 잘난 비보이들이 모인 팀입니다."

형은 그렇게 말했다.

무대에는 '라스트포원 크루'가 등장했다.

설명이 필요 없는 엄청난 테크닉, 엄청난 쇼맨십, 엄청난 무대 장악력이다. 아, 엄청나다는 말로는 부족하다. 저건 완벽이다!

이어진 '모닝 오브 올'의 무대는 충격적이다. 현대무용이다. 음악도 사이키델릭하고, 난해한 동작에……. 새롭게 주목받는 팀 '엠비 크루'도 장난이 아니다. 무대를 훨훨 날아다닌다.

"하하하, 다 모여봐. 제일 잘나가는 비보이 팀 몽구스 크루!"

우리 차례가 다가오자 형이 멤버들을 홀 밖으로 불러냈다.

"난 심장이 졸아붙었다. 누가 내 심장 돌리도!"

"나도 심장이 벌렁대서 죽갔다!"

"조용! 나를 좀 봐라! 이 위대한 리더, 비보이 나인을 좀 봐라!"

와르르 웃음이 터졌다.

"그거야, 바로! 웃어! 즐겨! 나는 좋아 죽겠어. 저기 우리가 그토록 기다리던 무대가 있는데, 두려울 게 뭐야! 뭐, 우리 다 알잖아? 다른 팀들이 입 떡 벌어지게, 눈알 튀어나오게 잘한다는 거! 그렇지만 우리 쪼는 건 여기까지만 하자! 지금부터 우리 졸아붙은 심장에 빵빵하게 바람 넣고 간댕이 부은 개구리처럼 미치자! 행복하게 즐겁게, 오늘, 지금, 여기서 미치자!"

"오, 리더 나인!"

"그럼, 그럼! 그래야지!"

드디어 몽구스 크루를 부르는 소리가 들리고 우리는 무대로 뛰어나갔다.

「마마 필굿」이 흐른다. 도형이 한 손 물구나무서기로 통통통 튕기며 나간다. 형과 영진 형의 커플 탑락이 시작된다. 입이 귀에 걸린 듯 웃고 있는 두 사람! 미치자! 신나게 미치자! 그래, 한번 해보는 거다. 오늘, 지금, 여기 이 순간, 나는 당당한 비보이 몽이 되는 거다.

나는 풋워크를 한다. 내 손에 착 달라붙는 바닥. 이제 나는 손이 아니라 가슴으로 그놈이 나를 부르는 소리를 듣는다. 들썩들썩 들이대는 소리를.

도형이 다리를 기역자로 붙여 비스듬히 넘기고 프리즈 턴을 시도한다. 유연한 허리와 불끈 솟은 녀석의 알통, 시뻘건 얼굴이 하나가 되어 부드럽게 턴을 한다. 아, 도형도 웃고 있다. 나는 토마스에서 윈드밀로 다시 코핀으로…….

하이라이트 조명을 받으며 비보이 나인, 형의 나인틴이 시작된다. 만卍자로 모아진 다리가 팽글팽글 팽이처럼 돌아간다. 이제 내 귀에는 어떤 소리도 들리지 않는다. 오로지 「마마 필굿」이 무한 반복될 뿐.

그 때 내 몸이 바닥을 등에 업고 콩! 콩! 콩! 퉁겨 오르기 시작한다. 바닥에서 탄력이, 탄력이 느껴진다. 내 몸은 지금 새처럼 가볍다. 마마 필굿! 나는 빙그르르 다리를 감고 일어나 바닥에 머리를 댄다. 다리를 쫙 벌리고 숨을 멈춘다. 헤드 프리즈! 일 초 이 초 삼 초, 나는 귀를 열어 파도처럼 밀려오는 환호성을 듣는다.

단순하게, 더 단순하게 즐겨라, 지금, 여기, 이 순간을! 나는 지금 미친 몽구스 크루, 비보이 몽이다.

용어풀이

1) 풋워크 : 손바닥으로 바닥을 짚고 재빠르게 발동작을 하며 한 바퀴 도는 동작. 기본적으로 여섯 개의 스텝이 있으나, 무릎을 돌려서 찍는 스위핑을 비롯해 비보이의 느낌대로 변주가 가능하다.
2) 비보이 : 브레이크 댄스를 추는 사람을 가리킨다. 브레이크 댄스를 '비보잉'이라고도 한다.
3) 파워 무브 : 브레이크 댄스가 날로 발전을 거듭하면서 스텝과 느낌을 중시하던 초기의 '스타일 무브'에서 힘과 고난이도의 숙련된 테크닉을 요구하는 무브로 옮겨가 각광을 받게 되었는데, 이와 같은 무브를 '파워 무브'라고 한다. 그 종류로는 나인틴, 에어트랙, 엘보트랙, 헤드스핀, 토마스, 윈드밀 등등이 있다.
4) 간지 : 일본어에서 비롯된 은어로 느낌이나 인상, 분위기 등을 가리킨다. 특히 개성적이며 독특한 느낌의 '패션 스타일'을 지칭하는 데 쓰인다.
5) 배틀 : 여기서는 댄스 배틀, 즉 춤으로 승부를 가른다는 뜻이다.
6) 루틴 : 비보이들이 계획된 안무에 맞춰 공동으로 춤추는 것.
7) 탑락 : 비보잉 초기, 클럽에서 춤을 추던 댄서들이 자기 자리를 확보하기 위해 추던 동작에서 비롯된 무브로, 다리와 가슴을 사용해 공간을 확보하며 상대를 위협한다. 같은 맥락에서 상대의 공격을 방어하는 동작, 즉 주저앉는 동작은 '업락'이라고 한다.
8) 핸드 글라이더 : 온몸을 한 손에 의존해 회전하는 무브를 말한다.
9) 로빈 : 헤드스핀(머리를 땅에 대고 도는 것)이나 핸드 글라이더 동작에서 회전을 할 때 손으로 바닥을 쳐주어 속도를 가하는 것.
10) 싸이 홈피 : 싸이월드의 개인 홈페이지를 줄여서 부르는 말.
11) 개 : 원래 접두사로 쓰일 경우 '심하게 좋지 않은', '아주 나쁜'이라는 뜻이 된다. 그러나 요즈음은 부정적인 의미가 아니라 강조, 극대화의 의미로 종종 '개' 자를 명사 앞에 붙인다.
12) 나이키 프리즈 : 프리즈(freeze)는 비보이가 비보잉을 하다가 거꾸로, 즉 바닥에 손을 짚든 머리를 대든 하고 얼어붙은, 즉 정지된 동작을 취하는 것을 말한다. 얼어붙은 동작의 모양에 따라 다양한 형태의 프리즈를 만들 수

있다. 나이키 프리즈는 공중으로 뻗은 다리 모양이 나이키 상표 모양과 유사해서 붙여진 이름이다. 비보이들은 각기 자신의 취향에 따라 독특한 프리즈를 선보이고, 때로는 다른 사람이 흉내낼 수 없는 독창적인 프리즈를 만들기 위해 고민하고 연습해서 비보잉 때마다 선보인다. 그래서 프리즈만 보아도 '저것은 누구의 프리즈다'라는 말이 나오기도 한다.

13) 비걸 : 비보이가 브레이크 댄스를 추는 사람, 좁혀서 남자를 가리킨다면 비걸은 여자를 의미한다. 초창기에는 브레이크 댄스를 추는 사람이 대부분 남자였으나, 요즈음 비걸이 속속 등장하고 있다.

14) 갬블러(Gambler Crew) : 우리나라 비보이 팀 중 하나로, 세계적으로 유명하다.

15) 보티(BOTY) : 'battle of the year'의 줄임말. 매년 독일에서 개최되는 보티는 20년의 역사를 가진 세계 최고의 힙합 경연 대회다.

16) 올드 스쿨 : 브레이크 댄스에서 좁게는 비보잉 초창기의 느낌을 강조한 스타일 무브를 가리킨다. 그러나 좀더 넓게는 원래적인 비보잉, 힙합의 정신을 강조하는 의미로 사용된다.

17) 토마스 : 체조 경기의 한 종목인 '안마'를 하듯이 바닥에 양손을 집고 브이자로 다리를 돌리는 파워 무브의 일종이다.

18) 팝퍼 : 힙합 댄스 중 하나인 팝핑(poping)을 추는 사람을 가리킨다. 팝핑은 '일렉트릭 쇼크' 혹은 '각기'라고도 불리는데, 로봇처럼 관절을 끊어서 추는 것이 특징이다.

19) 일진 : 중고등학생들 사이에서 조직을 형성해 싸움을 하고 폭력을 휘두르는, 이른바 학생조직의 대명사처럼 쓰이는 말이다.

20) 가오 : 일본어 '카오', 즉 얼굴, 체면, 면목 등을 뜻하는 단어에서 비롯된 속어.

21) 윈드밀 : 파워 무브의 일종으로, 바닥에 등을 대고 밀어주면서 원심력을 이용해 온몸을 회전시키는 동작이다.

22) 코스프레 : 코스튬 플레이(costume play)를 축약해 부르는 말로, 만화나 게임 캐릭터를 의상이나 소품을 통해 재현하며 즐기는 놀이이다. 일본에서 크게 유행한 후 우리나라에서도 인기를 끌고 있다.

23) 지대 : 긍정적 의미를 강조할 때 '엄청나게 좋다'는 의미의 은어다. 비슷한 말로는 '짱', '와방' 등이 있다.

24) 지댕 : '지대'를 강조하는 의미로 쓰인다.

25) 네멋 : 인기리에 방송된 드라마 「네 멋대로 해라」를 말한다.

26) 체어 프리즈 : 허공에 의자를 놓고 앉아 있는 듯한 자세로 손을 바닥에 짚고 옆구리와 척추 사이에 팔꿈치로 중심을 잡고 버티는 프리즈. 이러한 프리즈 자세로 한 바퀴 도는 것을 '체어 프리즈 턴'이라고 한다.

27) TP 스탬프 : 본선 진출 팀 멤버들을 구별하기 위해 찍는 마크로 기획사 싱크피플의 도장이다.

몽구스 크루

2006년 8월 4일 1판 1쇄
2018년 9월 28일 1판 10쇄

지은이 신여랑

편집 김태희, 박찬석, 조소정 | **디자인** 이혜연
제작 박흥기 | **마케팅** 이병규, 양현범, 이장열

출력 블루엔 | **인쇄** 코리아피앤피 | **제책** 정문바인텍

펴낸이 강맑실
펴낸곳 (주)사계절출판사 | **등록** 제406-2003-034호
주소 (우)10881 경기도 파주시 회동길 252
전화 031)955-8588, 8558 | **전송** 마케팅부 031)955-8595 편집부 031)955-8596
홈페이지 www.sakyejul.co.kr | **전자우편** skj@sakyejul.co.kr
블로그 skjmail.blog.me | **페이스북** facebook.com/sakyejul | **트위터** twitter.com/sakyejul

ISBN 978-89-5828-180-1 44810
ISBN 978-89-5828-473-4 (세트)